Diogenes Taschenbuch 24052

de
te
be

Christian Schünemann

Daily Soap

Ein Fall für den Frisör

Roman

Diogenes

Umschlagfoto: Jérôme Ducrot

Für die Freunde guter Seife

Originalausgabe

www.diogenes.ch
120/11/52/1
ISBN 978 3 257 24052 8

1

Tina Schmale starrte geradeaus in ihre eigenen Augen und versuchte, sich im Spiegelbild ihr neues Aussehen vorzustellen. Mit den Händen umklammerte sie dabei die Armlehnen, erschrocken über ihre eigenen Worte.

Ich wickelte mir ihr kräftiges Haar um den Handrücken und versteckte den Knoten in ihrem Nacken. Zum Vorschein kamen das Oval von Tinas Gesicht und ein Schimmer in ihren Augen. Ich war mir nicht sicher, ob es der Ausdruck von Trauer und Schmerz über den bevorstehenden Verlust war oder die Neugier auf das Leben danach. »Warum sollte ich das tun?«, fragte ich.

Tina drückte sich mit der flachen Hand gegen die Nasenspitze, eine Angewohnheit, die – glaubt meine Farbstylistin Bea – »Ausdruck eines sexuellen Verlangens« ist oder ein Zeichen dafür, »dass sie einen Parasiten in sich trägt«. Das war natürlich Quatsch. Tina litt an Heuschnupfen, und das ging jetzt im Februar schon wieder los.

Sie sagte: »Kein Typ. Nicht, was du denkst. Ich habe einen neuen Job.«

Ich ließ das Haar los, so dass es wie ein duftender Vorhang über ihren Rücken fiel. Wie viele Jahre hatten wir es lang und länger gezüchtet? Im Stehen reichte es ihr bis zum Po. Wir hatten es immer geliebt. Und jetzt hieß es plötzlich:

»Zu viel Gewicht. Zu viel zu schleppen. Es belastet mich. Kannst du das nicht verstehen?«

Ich war mir nicht sicher, ob Tina ihren Entschluss wirklich ernst meinte oder ob es eine Laune war, die so schnell verfliegen würde wie die Hoffnung, dass mit der ersten Krokusblüte der Frühling kommt. Nach ein paar Stunden Sonne tobte seit heute Mittag ein sibirischer Schneesturm durch die Hans-Sachs-Straße und verwandelte die Welt in eine weiße Hölle. Keine Ahnung, ob Aljoschas Maschine bei diesem Wetter überhaupt landen konnte. Heute Abend ohne ihn – ich wollte jetzt nicht schwarzmalen.

»Schau mal«, sagte ich, »du kannst es jederzeit hochstecken, wenn es dich stört. Das sieht dann ungefähr so aus.« Tina als Dame, vielleicht zur Abwechslung mal auf Absätzen statt immer in diesen Turnschuhen. Aber klar, dieses Styling würde sie jeden Morgen ein paar Minuten kosten – zu viel für Tina und all die anderen Frauen. Morgens muss es fix gehen. Keine Zeit für die Schönheit.

Tina drehte den Kopf, betrachtete sich seitlich, die Mundwinkel nach unten verzogen, aber von dem, was sie sagte, verstand ich kein Wort. Aus den Lautsprechern dröhnte mein geliebter Russenrock, aus dem Föhn die heiße Luft, mit der Dennis, mein Topstylist, zwei Positionen von mir entfernt das Resthaar seiner Kundin für meinen Geschmack viel zu sehr aufbauschte. Aber die Dame mochte, was Dennis mit ihr veranstaltete, und lächelte verliebt in ihr Spiegelbild. Kitty servierte Kräutertee und schlenderte zum Telefon, das hinter der Theke seine eigene Melodie sang. »Tomas Prinz für Haare – was kann ich für Sie tun?« Den Hörer zwischen Ohr und Schulter geklemmt, blätterte sie in der Hängevorrichtung mit den Termintafeln. »Sofort? Ausgeschlossen. Übernächste Woche kann ich Ihnen anbieten... Nein. Herr Prinz selbst nimmt keine neuen Kunden.«

Tina schnitt kleine Grimassen, Härchen auf dem Näschen. Ich nahm die weiche Bürste und fragte: »Dein neuer Job – um was geht's da eigentlich?«

»So ist das Leben.«

»Wie?«

»›SidL‹.«

»Ach so, die Fernsehserie. Hab ich früher regelmäßig geguckt. Meine Mutter schaut es immer noch jeden Abend. 19.30 Uhr ist ›SidL‹-Zeit. Versuch mal, sie dann anzurufen. Sie ist total süchtig. – Und wieso bist du jetzt bei dem Verein gelandet?«

»Das ging alles ganz schnell«, sagte Tina. »Anfang Januar kam der Anruf aus dem Headquarter in Berlin, ob ich Producerin von ›So ist das Leben‹ werden will. Ich dachte, ich dreh durch. ›SidL‹, der Klassiker! Vor zwanzig Jahren, als die Serie anfing, war ich vierzehn.«

»Und ich – mein Gott. Da war ich noch bei Sassoon in London und hätte im Traum nicht daran gedacht, dass ich einmal hier, in München, in der Hans-Sachs-Straße einen Salon aufmachen würde.«

»Ich bin jetzt Chefin von einer ganzen Produktion. 180 Leute – Schauspieler, Regisseure, Kostümbildner, Techniker, Kameraleute, und ich sage denen, wo es langgeht.«

Angenehm kühl fühlte sich Tinas Haar an, als es mir durch die Finger glitt. Ich überlegte, was möglich ist. Natürlich, man könnte alles unterschneiden. Den Nacken, die Seiten – alles in sich kurz. Ein radikaler Neuanfang.

»Und jetzt noch das Jubiläum«, sagte Tina. »Folge 5000 steht an, wir ziehen eine riesige Pressekampagne auf. ›SidL‹ wird wieder überall Thema sein. Aber das ist auch nötig. Die Einschaltquoten sind zum Heulen. Die jungen Zuschauer gucken ›SidL‹ nicht mehr, die ticken heute anders. Und ich soll da jetzt ein Wunder vollbringen. Alles neu machen und trotzdem nichts verändern. Das ist jedenfalls mein Eindruck nach den ersten beiden Wochen.«

Das Deckhaar wollte ich auf jeden Fall länger lassen, damit wir damit noch etwas anstellen konnten.

»Und darum renne ich in der Produktion den ganzen Tag von einem zum anderen und sage: Hey, aufwachen! Wenn wir nicht ab sofort besser werden, schmeißt der Sender ›SidL‹ aus dem Programm. Dies hier ist unsere letzte Chance! – Die Kollegen in der Ausstattung, zum Beispiel, hassen mich vermutlich jetzt schon.«

Unordnung machen. Chaos stiften. Ich dachte an Anarchie, Patchwork und Parkas, Öko und Punk. Kein Retrochic, nein, eine ganz neue Interpretation. Langsam bekam auch ich Spaß an der Vorstellung.

Unsere Augen trafen sich im Spiegel. »Du bleibst also dabei?«, fragte ich. »Alles ab?«

Es war mehr ein Augenschließen als ein Nicken. Wenn Tina etwas beschlossen hatte, dann galt das.

»Aber da ist eine Sache«, sagte Tina und verfolgte jede meiner Bewegungen. »Gleich an meinem ersten Tag kam diese furchtbare Nachricht.«

Ich hatte ihre Haare zu einem Pferdeschwanz zusammengefasst und nahm die Schere. In diesem Moment verstummte der Föhn von Dennis, und die silberne Scheibe im

CD-Player hörte auf, sich zu drehen. In der Stille schnitt ich ab, und Tina sagte: »Die Nachricht, dass ein Kollege tot ist.«

»Sehr schön!«, lobte die Kundin links von uns Dennis' Werk.

Tinas Haar, abgetrennt, ungefähr fünfzig Zentimeter lang und zwei Pfund schwer, fiel in die Tüte, die Kitty bereithielt. Manchmal wird ein großer Verlust klein, wenn er von einem anderen Ereignis überschattet wird.

»Tot?«, fragte ich. »Welcher Kollege?«

Die Musik dudelte wieder, und Tina sagte: »Ein Schauspieler. Er war seit der ersten Folge dabei. Ich weiß nicht, ob du dich erinnerst, schon ein bisschen älter, Johannes Beyerle heißt er.«

»Wann ist das passiert?«

»Vergangene Woche, stand doch groß in der Zeitung. Man hat ihn bei der Großhesseloher Brücke aus der Isar gefischt. Mein Vorgänger hatte ihn aus der Serie geschrieben und den Fernsehtod sterben lassen. ›Frischen Wind‹ hat er es genannt. Aber nach so vielen Jahren bei ›SidL‹ hast du als Schauspieler natürlich eine ›SidL‹-Fresse‹ und bekommst nirgendwo mehr eine neue Rolle. Aus. Mit sechsundfünfzig auf der Straße.«

Ich suchte nach Tinas Scheitel.

»Und seitdem sind die Einschaltquoten erst richtig in den Keller gegangen. Beyerles Gesicht fehlt einfach. Die Zuschauer vermissen ihn. Ich wollte die Entscheidung rückgängig machen und hatte mit unseren Autoren schon die passende Geschichte entwickelt. Sie liegt fertig in der Schublade. Beyerle steht von den Toten auf und kommt zurück – diese Maßnahme stand ganz oben auf meinem Zettel.«

Ich nahm den großen Kamm – mit dem komme ich besser durchs trockene Haar –, kämmte alles aus dem Gesicht und klemmte eine Partie zwischen Zeige- und Mittelfinger.

»Er muss meine Nachricht verpasst haben. Ich bin so doof: Warum quassele ich ihm auch auf den AB? Warum bin ich nicht einfach direkt hin zu ihm? Hier, bitte schön, ist der Vertrag, unterschreiben, danke, das war's. Die Sache wäre geritzt gewesen und alle zufrieden. Stattdessen springt der Mann. Es ist wirklich eine Tragödie.«

Büschel für Büschel fiel auf den Umhang und glitt zu Boden. »Hat die Polizei den Fall untersucht?«

»Wieso?«

»Es ist nur…« Indem ich die Haare auf die richtige Länge brachte, schuf ich eine glatte, kompakte Linie. »Vergiss es. Ich sehe Gespenster.«

»Und ich stehe vor einem Scherbenhaufen. Eine Stimmung herrscht bei uns in Unterföhring: zum Aus-dem-Fenster-Springen.«

Ich achtete darauf, genügend Stützhaare zurückzubehalten. Ich suchte Fransen und Kanten. Ich schnitt Ecken hinein. »Du musst irgendwie für einen Befreiungsschlag sorgen«, murmelte ich. »Neu durchstarten.«

»Ich brauche dringend einen neuen Hauptdarsteller oder eine neue Hauptdarstellerin. Jemanden, der Erfahrung hat, der mit seiner Aura und seinem Können die Geschichten zusammenhält. Am liebsten ein Gesicht, das bekannt ist, mit dem die Leute etwas verbinden. Ein Gesicht, das Quote bringt.«

Ich wechselte zur Modellierschere, nur so ein Gefühl, und überarbeitete von hinten. Ich dünnte noch einmal richtig aus.

Tina rieb sich wieder die Nase. »Aber wer von den Stars in Deutschland gibt sich schon für eine Daily Soap her? Wir sind ja schließlich nicht in den USA, wo mal eben ein George Clooney um die Ecke kommt. Oder eine Jennifer Aniston.«

Ich zog mit leichter Hand runde Bahnen zum Wirbel, steckte die Partie fest und schnitt den Rest auf zwei Zentimeter, als ich sah, wie ein Taxi vorfuhr. Der Fahrer eilte im Schneegestöber um den Wagen herum und riss die hintere Tür auf. Ich beugte mich etwas zur Seite, um besser hinaussehen zu können. Doch schon Aljoscha? Dieses Gefühl von Glück ist immer zuerst so eine kleine Drehung im Bauch.

Die Dame, die ausstieg, trug Kopftuch und huschte über den Gehweg, als wäre sie auf der Flucht vor den Paparazzi. Aber es waren ja nur Schneeflocken, die sich von allen Seiten auf sie stürzten. Als sie in den Salon trat, stampfte sie bei jedem Schritt mit den nassen Stiefeln auf, blieb am Tresen stehen und schaute auf Kitty herab, die da nur halb geschützt auf ihrem Hocker saß.

»Ich habe angerufen«, sagte die Fremde in einem Ton, der eigentlich meinte: Du weißt genau, Süße, wir hatten bereits das Vergnügen.

Kittys Gesichtsausdruck erinnerte nur ganz entfernt an ein Lächeln. Das hier war kein Spaß.

»Ich brauche einen Termin. Beim Chef. Jetzt.«

Etwas an dieser Frau war mir unheimlich vertraut. Klar, von meinen Münchner Kundinnen sind viele ähnlich ... wie soll ich sagen: selbstbewusst. Und alles so gestrafft, die Schichten von Make-up schwer zu durchdringen.

»Mein Name ist Auerbach«, sagte die Frau.

Natürlich! Ich legte die Schere zur Seite. »Charlotte!«, rief ich.

»Tommy!«

»Wie viele Jahre? Vier? Fünf?« Küsschen links. »Santa Monica, der Clairmont-Event! Ich erinnere mich genau. Dein Auftritt bei der Show, du warst hinreißend.«

»Tommy, you are so sweet! Dein Styling war ja auch« – Küsschen rechts – »ein Geschenk.«

Ihr Kopftuch verrutschte, ein merkwürdiges Blond kam zum Vorschein. Ich fragte: »Was treibt dich im Februar aus der kalifornischen Sonne zu uns nach München?« Ein ausgelaugtes, billiges Beach-Blond. Ich half ihr aus dem Mantel, während sie sich das Tuch vom Kopf zog.

Der Anblick brachte mich aus der Fassung: Das Haar war verfilzt, mit Chemie malträtiert und kaputtgemacht. Derart überdehnt und ohne Spannkraft ist das Haar ohne Leben, fühlt sich im trockenen Zustand an wie Stroh, im nassen wie Gummi. Zu allem Überfluss baumelten in diesem Gestrüpp auch noch Extensions, diese scheußlichen künstlichen Haarverlängerungen, mindestens drei Zentimeter herausgewachsen und kurz davor, abzufallen. »Mein Gott, Charlotte«, entfuhr es mir, »was ist denn passiert?«

Tränen hatte sie in den Augen. »Meine Mutter.« Zwinkernd schaute sie zur Decke, herrje, die Wimperntusche. »Vor zwei Tagen kam die Nachricht: Wasser in den Lungen. Weißt du, wie das ist? Ein Gefühl, als ob du ganz langsam ertrinkst. Ich bin sofort in den nächsten Flieger und hierher. Aber es war zu spät.«

Ich nahm Charlotte in den Arm. »Mein Beileid. Das tut

mir sehr leid.« Noch so eine Nachricht. Und ich wollte heute noch feiern.

Charlotte wedelte mit den Händen, um Tränen und Trauer zu verscheuchen. Nein, ihre Gesichtszüge waren immer noch schön, ihre grünen Augen vielleicht noch ausdrucksstärker als früher. Dieses Leuchten war schon vor dreißig Jahren ihr großes Kapital gewesen, als sie als Teenie-Star durch die TV-Komödien und Hitparaden hüpfte.

Als hätte sie – ganz wie früher – den Schalter wiedergefunden, sagte sie jetzt vergnügt: »Und wo ich schon hier bin, nach so vielen Jahren wieder daheim in München, dachte ich: Ruf doch mal bei Tommy an.«

»Gute Idee«, sagte ich. Mit diesen Haaren, das war klar, würde ich sie nicht mehr auf die Straße lassen. »In einer halben Stunde bin ich bei dir. Kitty, bringst du Charlotte bitte einen Kaffee? Oder lieber einen Kräutertee?« Ich fuhr herum.

In ihrem schwarzen Umhang stand Tina hinter uns, noch nicht perfekt gestylt, aber die Idee war bereits deutlich zu erkennen. Sie gab Charlotte die Hand und sagte sanft: »Guten Tag, Frau Auerbach. Ich bin ein großer Fan von Ihnen. Schon immer. Tina Schmale ist mein Name.«

Charlotte lächelte, wie man lächelt, wenn man noch keine Ahnung hat, dass man bereits dazu auserkoren ist, ein Problem zu lösen. Und auch ich muss zugeben, dass mir die Bedeutung dieser Begegnung damals noch nicht klar war. Wie auch? Bei mir im Salon prallen ständig Leute aufeinander, wie zuletzt die verwitwete Unternehmerin und der blutjunge Tierpfleger, der in ihrem Schlafzimmer plötzlich seine Katzenhaarallergie entdeckt hat und jetzt umschult. Alles schicksalhaft. Die frischgebackene Producerin und die ein wenig gealterte Schauspielerin betrachteten einander im Rauschen der Föhne und stellten im sanften Schein der Downlights eiskalt ihre Berechnungen an, ob sie einander irgendwie nützen könnten.

»Tina«, sagte ich, »wir machen dir eine neue Farbe. So, wie es jetzt ist, mit diesem kastanienbraunen Schimmer, das ist mir zu...« Mir fiel das Wort nicht ein. Zwei Augenpaare schauten mich an und wurden durch das Hochziehen der Brauen nur noch größer. Irgendwie musste ich den Satz zu Ende bringen. Ich sagte: »... seicht. Das ist mir einfach zu seicht.«

Zwei Stunden später drehte ich von innen zweimal den Schlüssel im Schloss herum. Im Licht der Straßenlaterne glitzerten die Schneehauben auf den geparkten Autos. Der Sturm hatte sich gelegt. Weißer Friede herrschte. Tina Schmale und Charlotte Auerbach, zwei schöne Frauen, hielten da draußen immer noch aneinander fest, als könnten sie sich nicht trennen. Bei beiden hatte ich massiv eingegriffen und dabei ihre Unterschiede noch stärker herausgearbeitet. Tina hatte ich zum Schluss noch *Strong-hold* ins feuchte Haar massiert, um den Punk in ihr stärker hervorzuheben. Charlotte dagegen hatte ich damenhaft weich frisiert.

Schalter für Schalter brach die Dunkelheit über den Salon herein, hinten, im Färbebereich, im Flur, bei den Waschbecken und hier vorne, über Spiegel und Theke. Ich tauchte unter der Garderobenstange hindurch, die mit den Umhängen die Seitentür zum Treppenhaus verbirgt. Ich wusste, was mich oben in meiner Wohnung erwartete: Čechovs

Erzählungen auf dem Nachtschrank und Aljoschas weiche Stimme auf dem Band mit einer Erklärung, welcher vertrackte Umstand ihn nun wieder in Moskau aufgehalten hatte. Start- und Landeschwierigkeiten gehörten von Anfang an zu unserer Beziehung. Nichts gegen Čechov, aber schließlich habe auch ich nur einmal im Jahr Geburtstag.

Siebzig Treppenstufen mit glatten Ledersohlen auf diesem Kokosteppich, da muss man bei jedem Schritt aufpassen. Vor meiner Wohnungstür war es nass, als hätte einer der Nachbarn hier seinen Schirm ausgeschüttelt.

Ohne im Esszimmer Licht zu machen, schmiss ich die Schlüssel auf den Tisch und meine Schuhe durch den Raum. Ich hatte Glückwünsche bekommen, Blumen und Torte. Und Ruhe ist schließlich auch ein Geschenk. Ich schaute auf die Uhr.

Halb acht. Ich könnte tatsächlich mal wieder reinschalten und gucken, was bei ›So ist das Leben‹ los war und was aus den Leuten geworden ist. Aber etwas irritierte mich. Die Flügeltüren zum Wohnzimmer stehen sonst immer offen.

Ich stand auf Socken, als johlend das Feuerwerk losging, Wunderkerzen, ungefähr ein Dutzend. Nein, es war kein Traum. Jeder der funkensprühenden Stengel beleuchtete ein lachendes Gesicht. Das von Kim, zum Beispiel, die mit ihrem Organ deutlich die Stimmchen von Theadora und Lissy, Eva und Vera übertönte, all die Bewunderinnen meiner Kunst, die mit übereinandergeschlagenen Beinen dasaßen und ein schräges Geburtstagsständchen anstimmten. Im Halbdunkel suchte ich nach meiner Hauptperson.

Konstantin und Hugo hockten da, Sascha und Micha – vertraute Gesichter mit Knautschzonen und Knitterfalten –

und mein Schwager Christopher, alleine, wie nett, er war auch ohne Regula gekommen. Und Jeremy strahlte um die Wette mit den weißen Zähnen seines Portugiesen. Zu viel Glanz in meinem Wohnzimmer.

In dem Sessel nahe bei der Tür versuchte Mutter standhaft zu lächeln, aber die große Handtasche, griffbereit auf dem Boden, verriet, dass ihr Urteil, ob sie sich hier wohl oder unwohl fühlen sollte, noch nicht gefällt war. Bea und Kitty standen hinter ihrer Lehne und würden sich im Notfall um sie kümmern. Der Champagnerkorken knallte, als ich die Hand auf meiner Schulter spürte.

Sein Gesicht war überschüttet mit frischen Sommersprossen, eine gehörige Portion, die er sich bei seinem Aufenthalt auf der Krim eingefangen haben musste. Aber der Rest – Wangen, Kinn und die schöne Partie oberhalb des Schwungs seiner Lippen – war bedeckt von glattem, fein gestutztem Haar. Aljoscha trug Bart. Aber das Kopfhaar war noch immer irgendwie zur Seite gekämmt, und das sah einfach unglaublich lässig aus.

»Alles okay?«, fragte er.

Nach dem Kuss hatte ich den Eindruck, dass jemand den Dimmer vom Kronleuchter hochgedreht hatte. Und ganz still war es plötzlich. Ich stand da wie ein Dirigent, nur dass die Mitglieder meines Orchesters keine Instrumente, sondern abgebrannte Stäbchen in den Händen hielten. Was sollte ich sagen? Vierundvierzig war ich heute geworden und mein Plan, mit Aljoscha alleine zu feiern, im Eimer. Ich umarmte und umarmte. Jemand drehte die Musik auf.

Kitty und Kim bearbeiteten mit ihren Spinatstechern das Parkett. Mein Schwager Christopher saß, geographisch gesehen, etwas unglücklich zwischen den gutfrisierten Luxusweibern, die sich von Bea die Sterne deuten ließen. In champagnergeschwängerter Atmosphäre sagte sie die Ankunft nicht nur glücklicher Momente voraus.

Auf der anderen Seite ging es ruhiger zu. Mutter erzählte meinen Freunden von ihrer letzten Reise nach Guadeloupe und von Monsieur, ihrer Romanze, der im Moment wieder in Nizza auf sie wartete. Mutter hatte von den Langstreckenflügen langsam genug. »Ich bin nicht mehr in dem Alter, in dem man einem rastlosen Mann hinterherreist«, sagte sie.

Mutter gondelte durch die Weltgeschichte, während meine Schwester Regula neuerdings nach Zürich pendelte, um sich, dienstags bis donnerstags, in die Geschäfte einzuarbeiten. Bis zum Sommer wollte sie entscheiden, ob sie die Leitung der Firma selber übernehmen oder einem Geschäftsführer den Vortritt lassen sollte.

Ein merkwürdiger Gedanke, dass meine Schwester mit ihrer Familie München verlassen und nach Zürich ziehen könnte. Auch die Kinder würden mir fehlen. Wer machte da heute Abend eigentlich den Babysitter?

Mutter kramte aufgeräumt in ihrer Handtasche und fragte: »Geht einer der Herren morgen früh zum Schwimmen?« Sie sog am Zigarillo, den Jeremy ihr charmant in Brand setzte.

»*Avec plaisir*«, sagte er. »Ins Müllersche Volksbad?«

Der Portugiese, der allen zu Füßen saß, hielt eisern den Aschenbecher unter Mutters Zigarillo. Mutter pustete ihm mit dem Rauch den nächsten Satz ins Gesicht: »Meine Herren, wer redet hier von Volksbad? Wenn ich schwimmen gehe, dann in der Isar.« Und weil das noch nicht reichte: »Was sind Sie eigentlich für Mannsbilder?«

Jeremy polierte die Fingerabdrücke von seinem Feuerzeug, Konstantin drehte verwundert das leere Champagnerglas in der Hand.

Mutter war der lebende Beweis dafür, dass es Siebzigjährige im Twinset mit Perlenkette gab, die an einem See nicht nur wohnten, sondern bei Wind und Wetter auch ihre Bahnen darin zogen. Aber hier, bei uns, in der Isar?

Christopher und ich schauten uns an. Ich war mir sicher: Mutter kokettierte. Christopher jedoch zuckte die Schultern. Er hielt alles für möglich.

»*Madame*«, sagte der Portugiese und streckte träge seine Glieder. »Wenn Sie gestatten: Ich bin dabei.«

Ich ging in die Kammer hinter der Küche. Agnes bewahrt hier die alten Zeitungen auf.

Die Isar. Ich rechnete. Anfang Februar war Tina Producerin geworden und hatte dem Schauspieler Beyerle auf den AB gesprochen. Einen Tag später wird der Mann tot aus dem Wasser gefischt. Warum hatte er nicht Tinas Nachricht abgehört? Warum sprang er so überstürzt von der Brücke? Warum lagen die Zeitungen hier alle durcheinander?

Zwei Arme umschlangen mich von hinten, Härchen mit vertrautem Muster. Aljoscha flüsterte: »Eine Party ist immer dann gut, wenn niemand merkt, dass der Gastgeber verschwunden ist.«

»Ich suche eine Meldung. Muss in den letzten Tagen im Lokalteil erschienen sein.«

»Lokalteil?«, nuschelte Aljoscha.

Vielleicht war es bloß Zufall, dass wir rückwärts taumelten, die Tür ins Schloss fiel und Aljoscha mit dem Schulterblatt gegen den Kippschalter stieß, der das Licht löschte.

Möglicherweise waren wir länger in dieser Kammer gewesen, als es mir zunächst vorkam. Ich verstand zuerst gar nicht, warum es im Flur plötzlich auch so hektisch zuging. Jeremy lief auf und ab und schrie ins Telefon: »Hausnummer, welche Hausnummer?«

Statt zu antworten, hielt Bea sich die Hand vor den Mund.

»Zehn«, antwortete ich. »Warum?«

Die Wohnungstür stand offen.

Auf halber Treppe lag unbeweglich Kittys schmaler Körper, ihr Kopf im Schoß von Christopher, ihre Augen halb geschlossen. Diese verdammten Ledersohlen. In einer Art Dreisprung war ich bei ihr.

Nein, tot war sie nicht.

2

Von einem Abschied in aller Stille konnte keine Rede sein. Ob die Menschen, die sich da quetschten und drängelten, alles Verwandte und Freunde waren oder ob sich auch Schaulustige unter die Menge gemischt hatten, war schwer zu sagen. Charlotte Auerbach befand sich mittendrin, aber einen halben Schritt hinter ihrem Vater, der gebeugt ging, ohne hinfällig zu wirken. Man musste schon sehr genau hinschauen, um im Gedrängel zu erkennen, wer von beiden wen stützte. Vielleicht war es so, dass Vater und Tochter sich gegenseitig Halt gaben und einander zeigten: Ich bin da. Du bist nicht allein. Wir stehen das hier gemeinsam durch. Mit Kopftuch und Sonnenbrille war Charlotte auf Zurückhaltung bedacht und tat alles, um nicht den Eindruck zu erwecken, dass sie die Beerdigung der Mutter zur Bühne für ihren eigenen Auftritt machte. Ihre noble Haltung war vierfarbig auf das Hochglanzpapier einer Doppelseite gedruckt und millionenfach für eine Leserschaft vervielfältigt, die neugierig der Frage nachspürte: »Versöhnung nach dreißig Jahren?« Die Schlagzeile darunter, etwas kleiner: »Charlotte Auerbach steht in schwerer Stunde zu ihrem Vater.«

»Hollywoodreif, die Szene«, sagte ich.

»Perfekt inszeniert«, meinte Bea.

Aljoscha beugte sich über die Zeitschrift und fragte: »Wer, bitte, ist diese Frau, und wen interessiert es, ob sie sich mit ihrem Vater versöhnt?«

Ich vergaß einfach immer wieder: Aljoscha stammte aus einer ganz anderen Welt. Hinter dem Eisernen Vorhang hatte er eben nicht im Pyjama vor dem Fernseher gesessen und die Filme mit Charlotte Auerbach gesehen, war nicht in den Diskotheken zu ihren Liedern gehüpft und hatte gegrölt: »Die Bakterien haben Ferien« oder: »Klappstühle für die Klapsmühle.« Mein Gott, was hatte er alles verpasst! Bei uns wollte eine ganze Teenie-Generation aussehen wie Charlotte. Auch ich hatte damals versucht, Regulas Haar mit klebrigem Spray so hinzustylen, dass es aussah, als ob der Wind es in eine Richtung gepustet hätte, ohne das Nest darin zu zerstören. Wir kopierten ihren merkwürdig schleppenden Tanzschritt und imitierten diesen Kiekser in ihrer Stimme. Für die meisten Jungs war sie das erste Sexsymbol, in der Vorstellung vieler Mädchen die beste Freundin, für die Eltern das Wunschkind. Charlotte war »Charly«, lustig, frech und – harmlos.

Aljoscha sagte: »Ich hätte sie gehasst.«

Charlotte muss es irgendwann ähnlich gegangen sein. Jeder Pups nur in Abstimmung mit dem Management. Ein Leben wie in einem Korsett, das jede Entwicklung, jedes Wachstum und damit auch jede ungeplante Blüte verhinderte. Bis das Angebot aus Hollywood kam.

Ein Aufschrei ging damals durch die Republik. Mit ihrem Entschluss, den Sprung über den großen Teich zu wagen, polarisierte Charlotte das ganze Land. Für die einen war sie die Heldin, die erwachsen wurde, ihren Weg ging und der Welt endlich ein neues Deutschlandbild vermitteln könnte. Für die anderen war sie eine Verräterin, die ihre Fans und alle im Stich ließ, denen sie ihren Erfolg zu verdanken hatte, allen voran ihren Vater, der auch ihr Manager war. Zwischen ihm und seiner Tochter kam es zum Bruch. Dass die beiden jemals wieder so einträchtig nebeneinanderstehen würden wie jetzt am Grab der Ehefrau und Mutter, war damals nicht vorstellbar. Ich erinnerte mich noch an die Schlagzeile, die damals für Aufruhr sorgte, ein echtes »Charly«-Zitat: »Ich scheiß auf euch!« Und bald danach: »Ich bin Amerikanerin!« Auch wenn sie in den Folgejahren weniger mit ihren Filmen als mit ihren Affären und Abtreibungen von sich reden machte, hatte sie eines geschafft: Aus der »lustigen Charly« wurde irgendwann »die Auerbach«.

Bea schaute mit diesem unbestimmten Ausdruck durch mich hindurch und sagte: »Als Löwe will Charlotte die Welt gestalten, und zwar nach ihren ganz eigenen Vorstellungen. Dabei überschätzt sie allerdings schnell mal ihre Fähigkeiten. Die Würde wird dann zur Pose, die aristokratische Haltung zum Hochmut. Darum ist ihr Glück nie beständig.« Bea lehnte sich zurück. »Ich müsste wissen, was ihr Aszendent ist. Schütze?«

Aljoscha blätterte und fragte: »Tomas, wo sind jetzt eigentlich deine Styling-Tipps?«

»Weiter hinten, Schatz. Bei den Beauty-News.«

Dass Charlotte Auerbach zwei Tage nach ihrem Styling schon wieder bei mir auf der Matte stehen würde, damit hatte ich nicht gerechnet. Ich hatte andere Sorgen.

Mich beschäftigte die Frage, wie ich Kitty am Empfang

ersetzen könnte. Da war zum Beispiel Florentine, seit Anfang Januar die Neue bei mir im Salon. Ihre Kollegen nannten sie bereits »Flo«, aber ich war davon noch weit entfernt. Mir war sie bisher vor allem durch die Lautstärke aufgefallen, mit der sie eine Reihe unnötiger Fragen durch den Salon krakeelte: »Warum ist bei uns der Kaffee so schlecht? Warum sind die Handtücher so ausgefranst?« Und jetzt: »Was macht die Tüte eigentlich hier beim Sofa?«

»Tüte? Keine Ahnung. Stell sie halt weg.«

Plötzlich kam es mir vor, als ob sich eine dunkle Wand vor den Salon schob. Ich schaute hinaus.

Ein riesiger Geländewagen hielt da in zweiter Reihe, eines dieser allradgetriebenen Monster, wie sie meine Kundinnen aus Grünwald als Zweitwagen benutzen, zum Beispiel für Fahrten zum Frisör.

Das getönte Seitenfenster fuhr herunter und machte die Sicht frei auf den Kopf von Charlotte Auerbach. Sie winkte. Ich winkte zurück und hängte die Termintafeln weg. Wollte sie vor ihrer Abreise nach L.A. noch mal einen Termin? Ich kann leider nicht von den Lippen ablesen.

Normalerweise hätte Kitty jetzt unter dem Tresen nach ihren Pumps geangelt, wäre raus auf die Straße und zu Charlotte ans Auto. Ach, Kitty. Wie oft hatte ich schon gepredigt: Passt mit den glatten Ledersohlen auf den steilen Stufen mit dem Kokosteppich auf.

Für zwei Küsschen mit rosafarbenem Lippenstift streckte ich mich durchs Fenster über den Beifahrersitz, und ich gestehe: Ich war fast ein wenig überwältigt. Was für eine Schinderei war es vorgestern gewesen, mit der Zange all die Schweißnähte dieser Extensions aufzubrechen und mit Öl die Plastikrückstände aus dem Haar zu ziehen. Aber es hatte sich gelohnt. Mit dem schweren Pony, dem gestuften Nacken und den graduierten Seiten hatte ich nicht nur eine Fülle kreiert, die problemlos alle Narben von allen kleinen und großen Liftings zudeckte, sondern Charlotte auch so etwas wie Klasse zurückgegeben. Auch Bea hatte mit der Farbe ganze Arbeit geleistet: Strawberry-Blond, Level zehn, mit dem Aufheller Sunrise und dem Mattierer Violet-red – perfekt.

»Ich muss etwas mit dir besprechen«, sagte Charlotte. »Hast du kurz Zeit?«

»Worum geht's denn?«

»Um meinen Kopf. Du hast wieder mal ein mittelgroßes Wunder vollbracht! Darum habe ich gesagt: Nur Tommy, sonst niemand.«

»Lieb von dir. Wenn du wieder in L.A. bist, gehst du zu Bob-Hermann. Sag ihm schöne Grüße. Die Adresse gebe ich dir.«

»Tommy, ich muss etwas mit dir besprechen. Zehn Minuten, okay?« Ein Hupen. Das Müllauto näherte sich scheppernd, und schräg gegenüber parkte schon seit dem Morgen ein Umzugswagen. Charlotte gab Gas.

Zehn Minuten für die Besprechung oder um einen Parkplatz zu finden? Letzteres ist im Glockenbachviertel jedenfalls nicht möglich.

Im Salon fühlte ich durch das Haar von Frau Weber und ordnete an, den Pony dieses Mal etwas länger zu lassen. Der Fall ist dann einfach schöner. »Wenn Charlotte kommt«, sagte ich, »schickt sie bitte runter zu mir ins Büro.«

Ich telefonierte mit meinem Steuerberater. Ich schaute die

Post durch, aber ich war nicht bei der Sache. Oben war Aljoscha wahrscheinlich schon dabei, die *Kascha* anzusetzen, die russische Buchweizengrütze, die jeden Tag dicker wird und die ich, solange er da war, jeden Morgen mit einem gelben Klacks Butter und dem Großmutter-Argument vorgesetzt bekäme, dass der graue Brei die Widerstandskräfte stärkt – gegen welche Krankheit auch immer. Ich musste zugeben, ich empfand eine gewisse Vorfreude auf dieses Zeug. Es bedeutete: Aljoscha ist da! Trotzdem würde ich gleich mal eine große Portion für Kitty abzweigen und sie ihr ins Krankenhaus mitbringen, weg ist weg.

Als ich beschloss, kurz ins Internet zu gehen, hörte ich Charlotte auf der Treppe. Ich öffnete ihr die Tür.

Wie in der Eröffnungsszene einer Boulevardkomödie warf sie eine riesige Handtasche und einen riesigen Pelz von sich und rief: »Wusstest du eigentlich, dass mein Daddy bei deiner Schwester den Babysitter macht? Mein Daddy – Babysitter! Das musst du dir mal vorstellen!«

Ich knipste das Deckenlicht an. Der bronzefarbene Schimmer auf ihren Oberarmen war eine Erinnerung daran, dass irgendwo auf dieser Welt in den letzten Wochen die Sonne geschienen haben musste.

»Setz dich«, sagte ich höflich. »Ich verstehe nicht. Dein Vater – Babysitter bei Anna und Jonas? Wieso?«

»Deine Schwester wohnt doch in der Mainzer und mein Vater gleich um die Ecke, in der Karl-Theodor.« Fröstelnd schaute sie über die vielen Stühle, die an meinem Besprechungstisch stehen, als würde sie durchzählen. Bronzeschimmer hin oder her, im Februar ärmellos in München – das war einfach bekloppt. Sie sagte: »Aber es ist derselbe Garten hinter dem Haus. Eines von den Kindern hatte bei meinen Eltern wohl mal die Scheibe zerdeppert.«

Ich erinnerte mich. Im vergangenen Herbst war das. Die kleine Anna musste da mal irgendwo antreten und sich entschuldigen. Aber ich hatte keine Ahnung gehabt, dass es bei den Auerbachs war. Ich dachte: Warum erzählt sie mir das alles?, und sagte: »Schau an. Das war's?«

»Das war der Anfang einer wunderbaren Freundschaft. Mein Vater und dein Schwager spielen jetzt immer miteinander Schach. Die Abende mit diesem Christopher bedeuten Daddy sehr viel, besonders jetzt, nach Mummys Tod.«

»Ist doch wunderbar.« Ich legte ihr die Adresse hin, Bob-Hermann, L.A., Midway Road 1044, und schaute auf die Uhr. »Das ist alles?«

»Nicht ganz.« Charlotte hielt das Kärtchen zwischen ihren Fingerspitzen und sagte, als würde sie einen Text davon ablesen: »Es geht um die Serie ›So ist das Leben‹. Tina hat mir eine Rolle darin angeboten. Eine Hauptrolle.«

Was sollte ich sagen? Herzlichen Glückwunsch? Oder: Ich hab's befürchtet? Heute weiß ich, was ich hätte sagen müssen: Lass es. »Und?«, fragte ich.

Charlottes Augen und ihre Stimme bekamen den Ausdruck eines kleinen Mädchens, dem daran gelegen ist, eine große Bitte möglichst harmlos zu verpacken, als sie fragte: »Meinst du, ich könnte eine kleine Tasse Tee haben?«

Als ich mit den Suchbegriffen ›Tod‹, ›Isar‹, ›Schauspieler‹ über tausend Treffer landete, wollte ich den Computer eigentlich gleich wieder ausschalten. Aber dann bewegte ich doch die Maus auf der Tischplatte.

Dubai, eine Travestie-Show. Klick und weg. Sakrales Dinner im Theater Rechts der Isar. Klick und weg. Dann: *Münchner Morgen.* Ehemaliger Seriendarsteller wird in den frühen Morgenstunden des vierten Februar tot aus der Isar geborgen. Die Polizei geht von Selbstmord aus. – Dürre Fakten, die nichts darüber aussagten, was sich in den Stunden, Tagen und Wochen davor abgespielt haben musste. Ein bisschen wusste ich über das Serienleben dieses Johannes Beyerle, aber nichts über sein privates Leben.

Der nächste Bericht war etwas ausführlicher: »Die TV-Serie war sein Leben. Johannes Beyerle stürzt in den Tod.« Ich druckte aus. Beim Lesen ging ich rüber ins Wohnzimmer.

Alleinstehend war der Mann. Knapp über fünfzig. Fast 5000 Folgen gedreht. Seit zwanzig Jahren dabei. Sein Gesicht untrennbar verbunden mit »So ist das Leben«. Wandlung vom »Bösewicht« zum »Serienonkel mit Herz«.

Aljoscha lag mit der Fernbedienung vor dem Fernseher und schaltete durch die Programme. Da war die Titelmelodie, diese Mischung aus Herzschmerz, Sehnsucht und Drama, ich erkannte sie sofort. Es war halb acht.

Auf dem Bildschirm: eine junge Frau. Ihre Strubbelhaarfrisur drückte ein ähnliches Drama aus wie die Geigen in dem Hintergrundorchester. Sie starrt auf ein paar Glasscherben, die am Boden liegen. Ein Mann kommt herein …

MANN (erschrocken):
Trixi, was ist los?
TRIXI (mechanisch, ohne den Blick von den Scherben zu wenden):
Papas Foto. Das Einzige, was mir von ihm geblieben ist.

Aljoscha starrte gebannt auf den Bildschirm. Ich setzte mich neben ihn.

DER MANN KNIET SICH HIN UND BEGINNT, DIE SCHERBEN VOM BODEN AUFZUSAMMELN.

MANN (verständnisvoll):

Es ist schwer für dich, Trixi. Du hast in der letzten Zeit viel durchgemacht. Erst hattest du keine Ahnung, dass er dein Vater ist. Und dann dieser schreckliche Unfall. Das Koma. Wir haben gehofft und gebangt. Aber jetzt ist er tot. Und du musst lernen, seinen Tod zu akzeptieren.

TRIXI (wütend):

Ich kann es nicht akzeptieren. Niemals, hörst du, Max? Nie! Nie! Nie!

MIT DEN FÄUSTEN TROMMELT TRIXI AUF DIE BRUST VON MAX.

TRIXI (bricht in Tränen aus):

Ich hab doch niemanden mehr. Ich bin allein. So schrecklich allein.

MAX WILL SIE TRÖSTEND IN DEN ARM NEHMEN, ABER TRIXI STÖSST IHN VON SICH UND WENDET SICH WEINEND AB. SIE SIEHT NICHT, WIE MAX HASSERFÜLLT AUF DAS FOTO SCHAUT.

In Großaufnahme war das mild lächelnde Gesicht des nun toten Schauspielers zu sehen.

In Aljoschas Augen war ein Glanz, wie er eigentlich nur bei Interesse, Liebe oder sogar bei Leidenschaft entsteht. Automatisch drängten sich einem die Fragen auf: Ob Trixi jemals über den Tod ihres Vaters hinwegkommt? Und: Was führt dieser Max im Schilde? Ich könnte bei nächster Gelegenheit mal Mutter fragen.

Es war schon dunkel, als ich mit Aljoscha zu einem Spaziergang aufbrach. Wir diskutierten, wie merkwürdig, ja, makaber es war: Da stirbt ein Mensch in der Serie den fiktiven Tod, und kurz darauf stirbt er im wirklichen Leben. Trauer und Verzweiflung, im Fernsehen gespielt, bekommen eine neue Bedeutung. Der Unterschied zwischen Fiktion und Wirklichkeit, meinte Aljoscha, sei aufgehoben.

Ich widersprach: Im wirklichen Leben war Johannes Beyerle tot und hinterließ eine Lücke; in der Serie rückte einfach der nächste Schauspieler nach.

Der Schneematsch an den Rändern des Gehwegs war gefroren und im Schein der Straßenlaternen graubraun. Eigentlich wäre jetzt der trübe Zeitpunkt, Aljoscha zu fragen, wie lange er bleiben würde. Er selbst machte den Mund ja nicht auf. Immerhin: Seinen Seesack hatte er ausgepackt und seine Zahnbürste mit den groben Borsten neben meine elektrische gestellt. Aber er hatte immer noch keine Kascha gekocht. Und dann dieser Vollbart.

Ich überlegte, ob ich mir durch eine einzige Frage den Traum kaputtmachen sollte, Aljoscha könnte einmal länger als die üblichen paar Tage bleiben, vielleicht sogar den ganzen restlichen Februar, schließlich konnte die Kunstwelt doch auch mal ohne ihn. Wir bogen ab zur Reichenbachbrücke.

Der Verkehr auf der Straße hinter uns rauschte lauter als da unten die Isar, die mir meilenweit entfernt vorkam. Wir starrten hinunter ins schwarze Wasser. Ob Beyerle den Aufprall, das eiskalte Wasser gespürt hatte? War er mit dem Kopf voran oder den Füßen zuerst im Wasser gelandet? Führt der Kälteschock sofort zum Herzstillstand?

Ich zog meinen Schal fester, klappte den Mantelkragen hoch und sagte: »Charlotte Auerbach hat eine Hauptrolle bei ›SidL‹ angeboten bekommen. Sie will, dass ich ihr persönlicher Stylist werde. Ich soll ihr für ihre neue Rolle jeden Tag die Haare machen.«

Aljoscha lehnte sich weit über die Brüstung.

Ich legte meinen Arm um ihn. »Das würde bedeuten, dass ich jeden Morgen nach Unterföhring in die Produktion von ›So ist das Leben‹ fahren muss.«

Er spuckte.

»Sie sagt, wenn ich es nicht mache, lehnt sie die Rolle ab. Das meint sie wirklich so. Eine ganz schöne Diva, was?«

»Ich muss dir auch etwas erzählen.«

Das kam so beiläufig. Und klang so nach Beichte. Ich hatte Aljoscha schon x-mal gesagt: Du musst mir nicht immer alles erzählen.

»Meine Chefin hat mir gekündigt.«

»Wie?«

»Katharina Nikolskaja hat mich aus der Galerie geworfen. Finanzkrise. Ich habe keinen Job mehr.«

Bloß der Job. Sofort kamen mir tausend Vorteile in den Sinn, die sich daraus für uns ergeben könnten. Aber so wollte ich es in diesem Moment nicht ausdrücken. Für Aljoscha war es schließlich ein Schlag. Ich murmelte: »Das tut mir leid.«

»Ich schufte jahrelang für nichts«, sagte er, »und bekomme bei erster Gelegenheit …« Er suchte das Wort.

»...einen feuchten Händedruck? Nein. Einen Arschtritt.«

»Während du einfach immer machst, was du willst. Und die Jobs werden dir hinterhergeschmissen. Wie die Anfrage von Charlotte Auerbach. Sag mal, du hast doch nicht etwa zugesagt?«

3

Im ersten Moment dachte ich, die jungen Leute, die sich da wie Schafe in der Kälte drängelten, warteten alle auf mich. Der Wagen fuhr eine kleine Kurve und hielt genau da, wo der Tumult am größten war. Der Starfrisör stieg aus.

Ich kann mich nicht erinnern, dass mein Anblick je in meinem Leben eine solch grenzenlose Enttäuschung ausgelöst hätte. Die Fans – ich schätzte keinen von ihnen älter als fünfzehn Jahre – hofften natürlich, dass aus dieser Limousine mit den verdunkelten Scheiben einer ihrer Serienlieblinge steigen würde. Sie hofften auf ein Lächeln, einen Blick, vielleicht eine Berührung. Und auf jeden Fall auf ein Autogramm.

»Sorry«, sagte ich.

Das Gelände der Fernsehproduktion. Hier entstand die Serie »So ist das Leben«. Eine hohe Wand aus Wellblech, die Halle, in der wahrscheinlich das Studio war, lange Fensterreihen für die Verwaltung und ein riesiger Parkplatz. Ein Fabrikgelände, nichts anderes. Und um Fließbandproduktion ging es hier ja schließlich auch. Jeden Tag wurde da drinnen eine Folge geschrieben, gedreht und rausgegeben zum Senden, und das seit Jahren. Tina hatte mir den Produktionsrhythmus erklärt: Charlotte soll in der Jubiläumsfolge 5000 ihren ersten Auftritt bekommen, Drehbeginn sei nächste Woche Dienstag, Ausstrahlung sechs Wochen später, am 30. März. Tina wollte Charlotte für ihre Serie, und Charlotte wollte mich für ihre Haare. Darum bleibe mir gar keine Wahl. Ich müsse das Styling übernehmen, an jedem Drehtag, morgens, vor Drehbeginn. »Stopp mal!«, hatte ich eingewandt. »Was wird dann aus meinem Salon? Kitty fehlt!« Mir kam es vor, als hätte Tina am Telefon ein Gähnen unterdrückt, als sie erwiderte: »Ich bin mir sicher, du findest eine Lösung.«

Aber zur Sicherheit hatte sie mir heute Morgen den Wagen geschickt.

»Sorry«, sagte ich noch einmal, als ich durch die Gasse ging, die die Fans für mich bildeten. Einer von ihnen war deutlich älter als die anderen. Die kleinen Narben in den Wangenhöhlen verrieten, dass dort einmal die Akne geblüht haben musste.

Wie von Zauberhand ertönte ein Summer, als ich den Türgriff berührte. Die Frau am Empfang trug Pferdeschwänzchen und sah sehr süß aus.

»Tomas Prinz ist mein Name«, sagte ich.

»Ich weiß. Der Frisör.«

Ihr Telefon klingelte. Sie hielt Blickkontakt, während sie den Hörer abhob und mit viel Atem in der Stimme raunte: »So ist das Leben – was kann ich für Sie tun?«

Zwei Nonnen und eine Krankenschwester standen schwatzend an einem Automaten und zogen Colabüchsen. Auf einem der Ledersofas hatte sich jemand mit einer Zeitung breitgemacht und den riesigen Fernseher stummgestellt. Später erfuhr ich: Das ist der »Studiokanal«. Auf dem ist immer zu sehen, was gerade in diesem Moment im Studio passiert und gedreht wird. Aber das interessierte hier niemanden.

Ihr Zöpfchen wippte, als das Empfangsgirl Richtung Gang nickte: »Da lang, an der Kantine vorbei, bis zum Ende. Aber nicht ins Studio rein, sondern die Treppe hoch. Im ersten Stock einfach wieder zurück, und dann siehst du es. Beeil dich, die warten schon.«

Im Flur hingen goldgerahmte Fotos. Rußgeschwärzte Gesichter an einem Unfallort, Nackte mit viel Schaum und ein bekanntes Gesicht: der Schauspieler Johannes Beyerle als sonnenverbrannter Hippie auf einer Harley Davidson – legendäre Szenen aus zwanzig Jahren »So ist das Leben«. Mutter, da könnte ich wetten, würde zu jedem Bild die Geschichte kennen.

Über der Studiotür leuchtete das Rotlicht. Da drin wurde gedreht, und Eintritt war verboten, aber ich hatte ja sowieso keine Zeit. Da ging die schwere Eisentür auf.

›Trixi‹ persönlich kam heraus, die Schauspielerin mit den dramatischen Haaren, die wir vor ein paar Tagen in einer »SidL«-Folge gesehen hatten. Wütend schrie sie mich an: »Ich hab die Schnauze voll. Ihr könnt ohne mich weitermachen.« Im Gehen zog sie sich den Pullover über den Kopf und ließ ihn provozierend auf den Boden fallen. Wow, dachte ich. Auftritte von solchem Kaliber kenne ich sonst nur aus dem Frisörsalon.

»Vicky!« Ein Mann, ungefähr mein Alter, lief ihr hinterher. Die Papiere in der Hand hatte er zu einer Rolle gedreht, wie zu einem kleinen Stock, mit dem es gleich Dresche gibt.

Sie blieb stehen. »Ich heiße Viktoria! Nimm mich endlich ernst. Viktoria, Viktoria, Viktoria!«

»Viktoria«, wiederholte der Mann gehorsam und fasste sie sanft bei den Schultern. Ihr Busen im spitzenbesetzten BH bebte, aber der Typ schien nicht darauf zu achten. Wie ein guter Nachhilfelehrer, der nicht müde wird, immer wieder dieselbe Formel zu erklären, sprach er auf sie ein: »Du trauerst, versteh das doch.«

»Hör auf! Ihr wollt mich hässlich machen, ich kann ihn nicht mehr sehen, diesen Sack.« Sie kickte gegen das Gewebe am Boden.

»Niemand will dich hässlich machen. Du bist jetzt in der Trauerphase. Und in dieser Phase versteckst du dich und deinen Körper. Du ziehst dich von der Welt zurück. Das ist die Geschichte.«

»Aber wie lange noch? Sag es mir. Ich trauere und trauere und trauere. Irgendwann muss doch mal Schluss sein!«

»Bin ich Gott? Frag Zacharias Rosendräger und seine Autorentruppe. Die machen die Geschichten.«

Eine Lautsprecherdurchsage mahnte: »Weiter mit Bild 4492-12. Viktoria und Jan-Joachim – bitte in Bereitschaft.«

Der Mann schob Viktoria zurück ins Studio. Grinsend hob jemand das Kleidungsstück auf und trug es ihnen hinterher. Die Eisentür klappte zu. Ende der Szene.

Der Pullover war wirklich hässlich.

Ich stieg die Treppe hinauf.

Auf dem Schild bei der Tür stand neben ›Viktoria Peichl‹ immer noch ›Johannes Beyerle‹. Der Mann war eben eine Institution gewesen, Charlotte dagegen noch ein Provisorium. Ihr Name stand handgeschrieben auf einem Zettel, der mit einem Klebestreifen schief an der Tür befestigt war. Ich klopfte.

Von allen Anwesenden war Charlotte die Einzige, die saß. Man könnte auch sagen: Sie thronte. Um sie herum hatte sich ihr Hofstaat versammelt. Maskenbild und Kostüm waren mit einer Delegation von jeweils drei Leuten angetreten: Chefin, Assistentin und Praktikantin. Das Styling der Schauspieler war hier also reine Frauensache.

Tina stellte mir die Mitarbeiterinnen vor, Namen, die ich mir auf die Schnelle nicht merken konnte. Dass man sich duzte, fand ich gut. Aber wie diese Mäuse mir nacheinander die Hand gaben und dabei die Augen niederschlugen – ging es noch ein bisschen kraftloser? Als ob sie Angst hätten vor Tina, der neuen Chefin, Charlotte, der neuen Schauspielerin, oder vor mir, dem Frisör, eilig herbeikutschiert, um zu entscheiden, ob Pagenschnitt oder Bubikopf, Seiten- oder Mittelscheitel. Das waren vielleicht zu viele Neuerungen in so einem alten, eingespielten Team.

Charlotte kam mit ausgestreckten Armen auf mich zu, drückte und umarmte mich und demonstrierte eine Innigkeit der Verbindung, die zwischen uns in Wirklichkeit gar nicht so innig war. »Tommy!« Und als ob das noch nicht gereicht hätte, seufzte sie: »Ich bin so froh, dass du endlich da bist.«

Ein Blick in das verheulte Gesicht der Chefmaskenbildnerin verriet, dass wir zwei wohl keine dicken Freunde werden würden.

Tina fragte: »Wo bleibt Zacharias? Herr Rosendräger wollte uns doch höchstpersönlich das Rollenprofil pitchen.«

Ein Mädel, das es sich auf einem Stuhl in der Ecke bequem gemacht hatte, kramte aufgeschreckt nach ihrem

Telefon. Das Ding hatte sich irgendwohin zwischen die Unterlagen auf ihrem Schoß verkrochen.

Tina begann ihr Referat: Die Rolle von Charlotte Auerbach. ›Gloria‹ würde die neue Figur heißen, eine Autorität darstellen, aber nicht streng wirken. Unkonventionell funktionieren, ohne albern zu sein. Sexy aussehen, aber nicht nuttig. Sich in der Serie zu einem Original entwickeln und trotzdem vor allem eines bleiben: Charlotte Auerbach.

Also alles und nichts.

Ich fand das alles ziemlich technisch. Ich gehe lieber emotional an die Dinge heran, und so ein Rollenprofil interessierte mich nicht. Tina dozierte und dozierte. Und ich ließ sie erst einmal reden: Über »Entwicklungspotentiale«, »Zuschauerbindung« und »Außenwirkung« – und fragte mich, wo sie das alles gelernt hatte. Aus der Leere in den Gesichtern der Kollegen schloss ich allerdings, dass sie diese Weisheiten wohl schon tausendmal gehört hatten und keiner mehr so recht daran glauben mochte, dass etwas davon zum Erfolg führen würde. Eine Stimmung in diesem Raum, eine Mischung aus müder Resignation und freundlicher Gleichgültigkeit.

Ich schaute mir die Visagen der Zeitschriftenmodels an, Musterbeispiele für das Styling von Charlotte, ordentlich wie Wäschestücke an ein Drahtseil entlang der Wand gehängt.

Fransiger Stufenschnitt mit asymmetrisch geschnittenem Pony: prima für jedes kantige Gesicht, also nichts für Charlotte.

Sechziger-Jahre-Bob mit langem Pony: viel zu streng und mit Charlottes feinem Haar alles andere als praktikabel.

Großzügige Wellen mit kurzem Pony: sehr extravagant und stylish, aber völlig verschenkt bei Charlottes klassisch schönen Gesichtszügen.

»Tommy, warum sagst du denn gar nichts?«

»Sei bitte mal still.« Ich lehnte mich an die Heizung, verschränkte die Arme und stützte mein Kinn in die Hand. Ich schaute mir Charlotte an, als würde ich sie zum ersten Mal sehen.

Unter der gestrafften und überpflegten Oberfläche blitzte immer noch das rotzfreche Mädchen hervor, das sie früher einmal gewesen war. Daran anzuknüpfen wäre reizvoll, zweifellos, aber auch gefährlich. Nichts ist heikler, als ein Bild zu beschwören, das es nicht mehr gibt.

Ich ging einmal um sie herum. Es war so still, dass man hören konnte, wie ich ihr Haar befühlte.

Leicht sollte ihr Styling sein, heiter und – mondän. Ist das ein Widerspruch? Vielleicht. Aber solch eine kuriose Verbindung wäre grandios. Es würde Charlotte helfen, vor der Kamera zu zeigen, was in ihr steckt. Tina würde wahrscheinlich sagen: ›helfen, die ganze Bandbreite ihres schauspielerischen Könnens zu entfalten‹.

Ich holte mein Glätteisen aus der Tasche, Kamm und Haarspray. Ich hatte eine Idee.

»Ich brauche Strom«, sagte ich.

Jemand nahm den Stecker und kroch mit der Schnur über den Teppich.

Ich besprühte das trockene Haar mit einem Finishing für speziellen Halt und dem long-lasting-shine-Effekt. Durch die trockene Büroluft zog der erfrischende Duft von Damaszener Rosenöl.

Die Damen bildeten einen Halbkreis. Für den Abstand war ich dankbar.

Ich zog eine Strähne aus dem Haar und fuhr mit dem Glätteisen darüber. Dabei drehte ich das Eisen und wickelte die Partie um den Stab herum. In den Kringel konnte man bequem zwei Finger stecken, ein Effekt, den ich ohne Rundbürste erreiche – die ich persönlich hasse. Von dem Teil bekomme ich Ausschlag an den Händen.

Ich produzierte Locke für Locke. Das Volumen, das dabei entstand, war enorm.

Niemand sagte etwas. Aber ich war ja auch noch nicht fertig.

Ich kämmte die Locken auf, um der Frisur etwas von ihrer Statik zu nehmen, und zupfte die Pracht mit den Fingerspitzen locker zurecht. Die Sache hatte keine fünfzehn Minuten gedauert. Die Verwandlung von Charlotte war unglaublich.

Entstanden war eine Art Marilyn-Monroe-Look, aber eigenwillig und lässig interpretiert. Die Beweglichkeit der Frisur hatte etwas Mädchenhaftes, das geordnete Durcheinander etwas Verruchtes, und alles zusammen besaß die Klasse einer Auerbach. Ich liebte es.

Die ersten Worte, die in die Stille hinein gesprochen wurden: »Bin ich zu spät?«

Zacharias Rosendräger, der Chefautor höchstpersönlich. »Entschuldigt. Mit der Wochenstruktur hat es etwas länger gedauert.«

Seine Haare glänzten in einem metallischen Orange und lagen platt am Kopf an. Sein Gesicht hatte einen etwas krankhaften rosafarbenen Schimmer, der nicht kaschieren konnte, dass die Haut von winzigen geplatzten Adern durchzogen war. Was für eine merkwürdig rosa-orangefarbene Erscheinung.

Er hielt mir seine Hand hin, ohne den Blick von Charlotte zu wenden.

»Das ist es«, flüsterte Tina.

Die Frauen reihum nickten.

»Zacharias, was meinst du?«

Die Augen verengten sich zu rotgeränderten Schlitzen. »Ich glaube«, sagte er bedächtig, »hier ist gerade ein neuer ›SidL‹-Star geboren!«

Ich beschloss, es als Kompliment zu nehmen.

4

Vierundzwanzig Stunden vor Charlottes erstem Drehtag bekam ich einen Anruf. Ich saß am Empfang und ging die Post durch.

»Tomas Prinz«, sagte ich in den Hörer, aber mit den Gedanken war ich ganz woanders. Noch nie in den letzten vierzig Jahren hatte mein alter Freund Stephan mir eine Postkarte geschickt, und schon gar keine mit Sonnenuntergang. ›Meine allerherzlichsten Glückwünsche zum Geburtstag von Deinem alten Freund Stephan. PS: Lass es krachen.‹ Von Sabine kein Wort.

Mir kam die Karte merkwürdig vor. So – unbekümmert! So demonstrativ kein Wort, wie es um seine Beziehung mit Sabine stand, in der es heftig kriselte. Als ob er mich extra im Unklaren lassen wollte.

Oder es war mein schlechtes Gewissen, das da sprach. Seit es bei Stephan privat nicht mehr so rund lief, hatte ich mich ein wenig von ihm zurückgezogen. Hatte ihm sogar die Hilfe verwehrt, die er gebraucht hätte, statt für ihn da zu sein. Vielleicht war seine Karte auch …

»Ein Hilferuf, wenn Sie so wollen«, sagte die Stimme am anderen Ende der Leitung. »Es ist dringend.«

Ich holte die Termintafel hervor. Es ist immer dringend. »Wie war Ihr Name?«

»Lukas Schmidt-Denninger. Aber das sagt Ihnen nichts.«

»Das heißt, Sie waren noch nicht bei uns.«

»Nein. Es geht um Folgendes …«

»Über das Styling reden wir am besten hier vor Ort, vor dem Spiegel. – Ich kann Ihnen anbieten: morgen, elf Uhr. Oder am Nachmittag, fünfzehn Uhr. Was passt Ihnen besser?«

»Sie kennen doch Tina Schmale.«

»Wie?«

»Und anscheinend haben Sie sogar einen ganz guten Draht zu ihr.«

»Ich verstehe nicht.«

»Ich weiß, es ist ein bisschen crazy, dass ich Sie am Telefon so überfalle. Aber ich habe Sie am Freitag gesehen. Zuerst am Empfang und dann mit Tina Schmale in der Kantine. Da dachte ich, der Typ sieht nett aus. Der kann mir vielleicht helfen.«

»Ich weiß nicht, womit ich Ihnen helfen könnte. Es sei denn, Sie wollen einen Haarschnitt.«

»Ich will den Job als Komparse.«

»Hören Sie, da sind Sie bei mir völlig falsch. Ich bin nur der Frisör von Charlotte Auerbach.«

»Beim Casting war zuerst alles in Ordnung, aber dann haben die kapiert, wer ich bin, und damit war die Sache gelaufen. Ich war sofort raus.«

»Wieso? Wer sind Sie denn?

»Ich bin der Neffe von Johannes Beyerle, dem Schauspieler.«

»Aha. – Und was ist daran so schlimm?«

»Ganz einfach. Sie wollen nicht daran erinnert werden,

was sie mit ihm gemacht haben. Aber das müsste ich Ihnen mal in Ruhe erklären.«

Ich stutzte. »Sie überschätzen meinen Einfluss.«

»Können Sie nicht bei Tina ein gutes Wort für mich einlegen? Okay, Sie kennen mich nicht. Aber es wäre sehr wichtig für mich.«

»Ich habe mit der Produktion überhaupt nichts zu tun. Tut mir wirklich leid«, sagte ich.

»Alles klar. War ein Versuch. Trotzdem: danke.«

»Sagen Sie – eine Frage noch: Als Komparse steht man doch eigentlich nur herum, oder?«

Aufgelegt.

Ich hängte die Termintafel zurück. Neffe von Beyerle. Wie viele Verrückte so herumlaufen.

Ich schob den Sonnenuntergang hinter den Kreditkartenleser und fragte mich, ob Komparse nicht auch ein Job für Aljoscha wäre, da klingelte es wieder.

Dieses Mal war es wirklich ein Kunde. Schneiden und Farbe. Ich trug den Termin ein.

Bis zum Abend kam ich nicht mehr groß zum Nachdenken. Ich schnitt, wie immer, an meinem Lieblingsplatz, gleich vorne beim Empfang mit Blick nach draußen, und damit war ich Kittys Platz am nächsten. Das hieß: Während meine Angestellten gemütlich ihren Job machten, war ich auch noch Kitty und begrüßte je nach Status herzlich bis überschwenglich alle Kunden. Mantel aufhängen, erste Worte wechseln: Kaffee? Tee? Schneiden, aufräumen, fegen und, ganz wichtig: Produkte empfehlen, verkaufen, kassieren. Kleine Unterschrift, kleine Tüte? Ein paar Proben, hier was Schönes, pflegt phantastisch. Regenschirm nicht vergessen, nächsten Termin nicht vergessen. Wirklich toll, die Farbe. Und immer das Telefon.

Der Bruch von Kittys Handgelenken war kompliziert und machte eine Reha erforderlich. Noch mal sechs Wochen.

»Florentine! Komm doch bitte mal.«

Kurz erklärte ich ihr Kittys Aufgabenbereich. »Traust du dir das zu?«

Florentine schaute hinaus in den Feierabend, atmete einmal tief ein und pustete die Luft lustlos zurück in den Raum.

Flexibel sein, Einsatz und Engagement zeigen – das sind immer so Floskeln beim Einstellungsgespräch. Ich war sauer. Noch eine Sekunde …

Die Neue musste das irgendwie gespürt haben. Mit geschlossenen Augen lächelte sie mich an und sagte: »Du, überhaupt kein Problem.«

»Danke …«, sagte ich – und zum ersten Mal: »… Flo.«

»Und die Tüte«, verkündete Florentine, »schmeiß ich jetzt weg.«

»Tüte?«, fragte ich. »Welche Tüte?«

Sie hielt mir den Inhalt unter die Nase. Ein kastanienbrauner Schimmer. Haare, die einmal bis zum Po gereicht hatten. Tina, als sie noch keine Verantwortung trug für eine Fernsehserie mit sinkenden Zuschauerzahlen und verzagten Mitarbeitern.

Ich suchte in den Visitenkarten und griff zum Hörer. Dieser merkwürdige Anruf des Neffen von diesem Schauspieler, ich wollte die Sache jetzt einfach mal klären.

Die Kriminalkommissarin Annette Glaser war sofort

dran. Dass sie überrascht gewesen wäre, kann man nicht behaupten. Wie lange war es her, seit wir zum letzten Mal miteinander zu tun hatten? Das tat jetzt nichts zur Sache. Ich erklärte ihr kurz und bündig, um was es ging: um einen Schauspieler, der nach zwanzig Jahren Dienst bei einer Daily Soap in die Arbeitslosigkeit geschickt wurde. Den man tot aus der Isar barg, als auf seiner Mailbox die Nachricht war: Komm zurück.

»Und?«, fragte Annette Glaser.

»Ist das nicht merkwürdig?«, fragte ich.

»Herr Prinz, was wollen Sie?«

Ich erzählte ihr von dem Anruf dieses Lukas Schmidt-Soundso, der als Komparse in der TV-Produktion anheuern und das ehemalige Umfeld seines Onkels ausspionieren wollte.

»Kommen Sie bitte zur Sache.«

»Mich interessiert, ob es irgendwelche Ungereimtheiten gab, ich meine, als man Johannes Beyerle aus der Isar zog.«

»Was meinen Sie mit ›Ungereimtheiten‹?«

»Keine Ahnung. Irgendetwas.«

»Würgemale?« Die Kommissarin lachte.

»Hatte er welche?«

»Haben Sie etwas zum Schreiben? Die Durchwahl ist eins-eins-vier bis eins-sieben. Die Pressestelle der Polizei. Die Kollegen helfen Ihnen weiter.«

Ich hörte noch, wie sie undeutlich etwas sagte, anscheinend zu jemandem in ihrer tristen Amtsstube, dann hatte sie aufgelegt.

5

MAX BETRACHTET DAS FOTO DES VERSTORBENEN. ER IST ALLEIN IM RAUM.

MAX (hasserfüllt):

Alles hast du getan, um zu verhindern, dass Trixi und ich zusammenkommen. Kompliment. Beinahe hättest du es sogar geschafft.

MAX LACHT GEMEIN.

MAX (gespielt mitfühlend):

Wenn nicht der kleine Unfall passiert wäre. Sorry, alter Knabe.

MAX REISST DAS FOTO IN STÜCKE.

Ich wagte nicht, mich anzulehnen, hier im Halbdunkeln, an meinem Platz im Studio. Bloß keinen Mucks machen, bloß nicht die laufenden Dreharbeiten stören. Der Leichtbauwand in meinem Rücken, die den Gastraum eines Kaffeehauses von einem Supermarkt mit Kassenbereich und Konservenregal trennte, traute ich nicht. »Dekos« nennt man diese Kulissen. Sich da irgendwo bequem hinzusetzen, zum Beispiel auf einen der Kaffeehausstühle, ist verboten. »Dürfen nur die Schauspieler«, hatte der Aufnahmeleiter mich belehrt.

TRIXI KOMMT HEREIN. HEKTISCH RÄUMT MAX DIE FOTOSCHNIPSEL WEG.
ALS MAX SICH ZU TRIXI UMDREHT, LÄCHELT ER ÜBER DAS GANZE GESICHT.
TRIXI (misstrauisch):
Alles okay?
MAX (harmlos):
Alles bestens.
TRIXI GEHT ZUM KÜHLSCHRANK UND NIMMT SICH EIN KALTGETRÄNK. MAX ENTSORGT RASCH DIE FOTOSCHNIPSEL IN DEN PAPIERKORB.

Der Zeitplan war ziemlich aus den Fugen geraten. ›Max‹ hatte in der Szene davor – laut Drehbuch – in einem Wutanfall seinen Schreibtisch verwüstet und dann immer wieder einen Texthänger gehabt. Sechsmal wurde die Szene wiederholt, sechsmal musste die Requisiteurin Unordentliches ordnen und zerknülltes Papier durch glattes ersetzen. So etwas dauert. Das Malheur von ›Trixi‹ gleich im ersten Durchgang dieser Szene – sie hatte sich den Saft über den Pullover gekippt – war da schneller zu beheben gewesen. Die Kostümabteilung hatte ein weiteres Exemplar von dem sackartigen Pullover in Reserve.

»Bitte sieh dich vor«, hatte die Kostümfrau gemahnt, als sie das ruinierte Stück austauschte, während die Requisiteurin den Saft vom Boden wischte und ein frisches Glas Saft bereitstellte.

MAX GEHT ZU TRIXI, NIMMT IHR DAS GLAS AUS DER HAND UND SIEHT SIE EINDRINGLICH AN.

MAX (zärtlich):

Letzte Nacht, das war so schön mit dir.

TRIXI (schlägt die Augen nieder):

Ja.

MAX:

Du brauchst keine Angst mehr zu haben. Du hast jetzt mich. Wir zwei. Gegen den Rest der Welt.

ES KLINGELT. TRIXI MACHT SICH LOS UND GEHT ZUR TÜR.

Vorsichtig stieg ich über Kabel am Boden. Gleich kam der große Moment. Nachdem ich Charlotte fertiggestylt hatte, wurde sie von der Garderobiere mit Kostüm und Maske abgelichtet, wie beim polizeilichen Erkennungsdienst, und der Abzug an eine Pinnwand geheftet. Auch die Fotos der anderen Schauspieler hingen da. Eine Gedächtnisstütze, damit die Kostümleute am nächsten Tag genau wissen, wie jeder Einzelne auszusehen hat. Schließlich wird ein Tag in der Serie über mehrere Folgen erzählt. Mit dem Tageswechsel in der Serie kommt dann der Kostümwechsel.

Vor zwanzig Minuten hatte ich ein letztes Mal Charlottes Frisur kontrolliert und rasch noch mal mit Kamm und Glätteisen nachgearbeitet.

TRIXI ÖFFNET.

TRIXI (ahnungslos):

Ja, bitte?

EINE FRAU STEHT MIT DEM RÜCKEN ZUR TÜR

UND MACHT SICH AN GEPÄCKSTÜCKEN ZU SCHAFFEN. JETZT DREHT SIE SICH UM. SIE IST SCHÖN, SPRÜHEND UND LEBENSLUSTIG.

TRIXI (ungläubig):

Gloria? Du?

GLORIA LÄCHELT.

TRIXI (verblüfft):

Warum bist du nicht in New York?

(ruft aufgeregt über die Schulter zu Max):

Es ist Gloria, meine Halbschwester!

GLORIA UND TRIXI UMARMEN SICH, ALS OB SIE SICH NIE WIEDER LOSLASSEN WOLLEN.

GLORIA (warm):

Ich lasse dich nie mehr allein. Versprochen.

TRIXI GENIESST DIE NÄHE UND GEBORGENHEIT.

MAX' MIENE VERDÜSTERT SICH.

GLORIA (lächelt):

Ach, Trixi, kleine Schwester. So ist das Leben.

»Und raus. – Danke!« Der Aufnahmeleiter mit dem Headset sah hinüber zu den Leuten, die hinter einem Pult mit tausend Tasten und Reglern an kleinen Bildschirmen kauerten. »Habt ihr das auch gehört? Charlottes Armreifen – ich meine, die haben geklirrt.«

Das Grüppchen – Regisseur, Tonmeister, Assistenten – beriet an seinem fahrbaren Cockpit. Daumen hoch. »Alles okay!«

Die Kameramänner setzten ihre Kopfhörer ab.

Charlottes erste Szene war im Kasten. Ein paar Millionen Zuschauer würden ihren Auftritt in sechs Wochen, am 30. März, im Fernsehen verfolgen. Und sich ihr Urteil bilden, natürlich nicht nur über ihre Frisur.

»Ihr wart super!« Der Typ schüttelte Charlotte beide Hände. »Echte Emotionen. Ganz, ganz großartig.«

Eine Lautsprecherdurchsage meldete: »Morgen geht's weiter mit Bild fünftausend-elf. Charlotte, Viktoria und Jan-Joachim bitte pünktlich um acht, Studio zwo. Schönen Dank und schönen Feierabend.«

Ich streckte mich. Kalte Füße hatte ich.

Wie lange war Charlotte im Bild gewesen? Zehn Sekunden? Zwanzig?

Der Weg raus aus dem Studio war ein Fußmarsch an den Dekos entlang, den Orten, an denen die Geschichten von ›SidL‹ spielten. Die Küche mit Kräuterfenster und Strickkorb neben der Eckbank. Das Büro mit Designermöbeln und Panoramablick auf die Großstadt. Das Badezimmer mit gusseiserner Wanne, CD-Regal und cremefarben gemustertem Klovorleger.

Hier hatte der Schauspieler Beyerle zwanzig Jahre seines Lebens verbracht, abgeschottet, warm und sicher in einer Welt ohne fließend Wasser und ohne echte Mauern, zusammengezimmert aus Spanplatte, Gipskarton und Plexiglas. Wo Scheinwerferlichter die Tageszeiten vorgaukeln, Mikrophone die Töne angeln und Schauspieler nie etwas anderes tun als kommen und gehen, sitzen und stehen und dabei Sätze so natürlich sprechen, wie das Drehbuch es ihnen gestattet. Und ich fragte mich, wie es ist, wenn man sich sein Leben lang hier, in einem der Winkel, einrichtet, und was es wohl für das wirkliche Leben da draußen bedeutet.

Tina sah glücklich aus. »Vielen Dank, Tommy, für deinen super Job. Charlotte sieht toll aus! Ich wünschte, du könntest mir für jeden Schauspieler einen Vorschlag für das Styling machen. Nur so für uns, als Anregung. – Übrigens«, flüsterte sie, »mit Lukas, das geht in Ordnung.«

»Lukas?«

»Schmidt-Denninger. Der neue Komparse. Ich habe mit Zacharias gesprochen. Die Sache geht klar. Kein Problem, Lukas hat den Job.«

»Und was habe ich damit zu tun?«

»Ich denke, er ist ein guter Freund von dir? Ich wollte dir einen Gefallen tun!«

Alle strömten aus dem Studio.

»Ist er dein Ex?«, fragte sie, während sie vergnügt die Leute abklatschte wie ein Trainer seine Mannschaft nach gewonnenem Spiel.

»Dein Ex?« Charlotte horchte auf. »Wer?«

Tina umarmte auch sie und rief: »Leute – kommt ihr?«

Dieser verrückte Neffe hatte es also tatsächlich geschafft und war drin. Ich kann nicht sagen, ob mich sein kleiner Trick ärgerte oder ob ich über seine Zielstrebigkeit staunte. Um das zu entscheiden, müsste ich wenigstens wissen, wie der Kerl aussieht.

Von den Leuten hier in der Kantine – ich schätzte, um die hundert – kannte ich so gut wie niemanden. Bildmischer, Künstlerbetreuer, Standfotografen, Schauspieler-Coachs, Produktionsfahrer, Tonmeister, Beleuchter und ich weiß nicht wie viele Komparsen, die am Sushi-Büfett Schlange standen. Auf jedem Tisch stand ein silberner Kübel, aus dem ein goldener Flaschenhals herausragte. Zur Begrüßung der großen Charlotte Auerbach – »Get Together« nannte es der Assistent von Tina – würden also noch die Korken knallen.

Ein Gesicht konnte ich sicher zuordnen: das der Chefmaskenbildnerin, die anscheinend immer so verheult aussah. Sie drehte mir den Rücken zu. Ich konnte sie sogar ein wenig verstehen.

Ich griff mir ein Glas. Draußen vor den Fenstern drängelten sich die Fans wie vor großen Fernsehmattscheiben; wenn sie einen ihrer Lieblinge erblickten, hüpften und winkten sie. Der Typ mit den Aknenarben war der Einzige, der ruhig dastand. Er guckte einfach.

Hier drinnen wurden die da draußen nur so weit beachtet, wie man mal nach dem Wetter guckt.

Tina begann ihre Rede mit den Worten: »Ich will es kurz machen« – und ging erst einmal zurück zu den Anfängen von ›SidL‹, als die Zeiten noch ganz anders waren, als im Fernsehen noch keine zehn Serien um die Gunst des Publikums buhlten und ›SidL‹ konkurrenzlos war.

Die Leute hörten aufmerksam zu, aber die Gesichter waren verschlossen, die Arme verschränkt, die Blicke zu Boden gerichtet.

»Ein Klima der Angst«, flüsterte eine Stimme in mein Ohr. Zacharias Rosendräger, der Chefautor. Gesicht und Haare glänzten so rot, dass es mich fast blendete.

»Die Schauschis haben Angst.«

»Schauschis?«, fragte ich.

Zacharias nickte hinüber zu den Schauspielern, abgeschminkt und in Freizeitkluft – Schauschis eben. »Wenn ein neuer Schauschi kommt, muss ein alter Schauschi gehen.« Er klang fast fröhlich.

»Warum muss dann einer gehen?«

»Die Kosten«, flüsterte Zacharias. »Außerdem verlieren die Zuschauer den Überblick, wenn der Stammcast zu groß wird. Das wissen die Schauschis. Ihr Lieblingsthema ist deshalb die Streichliste, die angeblich irgendwo kursiert.«

Tina rief rüber zu einem Tisch ganz hinten am Fenster, wo ein Grüppchen von sechs, sieben Leuten mit eingezogenen Köpfen saß: »Und mein ganz besonderer Dank geht an die Autoren, die eine harte Woche hinter sich haben. Ihr habt Tag und Nacht gearbeitet, die Bücher umgeschrieben und es möglich gemacht, dass wir mit Charlotte schon in Folge 5000 auf Sendung sind.«

Applaus, allerdings ziemlich dünn.

Blass sahen die Autoren-Leute aus, als hätte man sie tatsächlich lange Zeit in einen fensterlosen Raum gesperrt und die Nächte durchschreiben lassen.

»Alles mal wieder mit heißer Nadel gestrickt«, murmelte jemand.

»Ruhe«, zischte Zacharias, der Chefautor. »Könnt ihr nicht mal ruhig sein!«

Tina hob jetzt ihr Glas und sagte: »Ich danke dir, Charlotte, dass du zu uns gekommen bist und uns bei unserer Arbeit unterstützt. Danke, liebes Team, dass ihr sie so nett und herzlich aufgenommen habt. Zusammen werden wir es schaffen, dass ›SidL‹ das bleibt, was es ist: ein Klassiker, eine tolle, erfolgreiche Serie, der es immer wieder gelingt, sich neu zu erfinden. Ich wünsche uns allen gigantische Wahnsinnsrekordeinschaltquoten!«

Jetzt brandete zum ersten Mal Applaus auf. Pfiffe und Johlen.

Tinas Haaransatz war nass geschwitzt. Hier, in diesem Licht, fiel sie besonders auf, die Haarfarbe, die Bea ihr gemacht hatte: Schwarz, Level vier, blue-green. Ich hatte für die radikale Variante plädiert: Schwarz, Level eins.

Der Applaus verebbte. Ich fragte Zacharias Rosendräger: »Und wer von den alten Schauspielern muss gehen?«

»Viktoria«, rief der Chefautor, »komm doch mal her. Wir sprechen gerade über dich!«

»Über mich?« Viktoria strahlte über das ganze Gesicht. »Wirklich?«

»Unser Mädchen aus Schlaipfering, jüngster Neuzugang. Oder soll ich besser sagen: die Unschuld vom Lande? Viktoria und ihr kleiner Stoffbär sind unzertrennlich. Jede Woche bekommt er ein neues Outfit angezogen, stimmt's?« Zacharias grinste und zwinkerte mir zu.

»Stimmt«, zwitscherte Viktoria. »Bärchen ist so lieb. Und er bringt mir Glück.« Das winzige T-Shirt – oder war es ein Top? –, das sie nun endlich gegen den Pullover-Sack getauscht hatte, ließ mehr Haut frei, als es Haut verhüllte. Zacharias tastete mit Blicken ihren Körper ab, aber das taten wir Umstehenden alle, ohne dass jemand einen größeren Makel finden konnte als ein süßes, kleines Muttermal im Dekolleté.

Zacharias sagte: »Wir haben gerade darüber gesprochen, wer fliegt.«

Viktoria lächelte wie über ein schönes Kompliment. Was Zacharias ihr damit sagte, hatte sie anscheinend gar nicht verstanden.

»Es muss ja nicht immer der Dienstälteste sein, der geht, oder, Jan-Joachim?«

Der ›Max‹-Darsteller machte sich nicht die Mühe, einen Schritt näher zu kommen. »Chefautor!«, rief er über eine Entfernung von mehreren Metern, und es hörte sich an wie ein Schimpfwort. »Du hast unseren Beyerle entsorgt, aber mich wirst du nicht los.«

Das musste der Schauspieler ungefähr im Alter von Johannes Beyerle sein, der schon einmal hatte zittern müssen.

»Leute«, sagte Zacharias. »Das war ein Scherz. Ihr habt doch gehört, was Tina gesagt hat. Niemand muss sich Sorgen um seinen Job machen.«

Niemand, zitierte ich in Gedanken, hat die Absicht, eine Mauer zu errichten.

»Tatsächlich?« Jan-Joachim kam jetzt näher. Ohne Schminke hatte er tiefe Furchen im Gesicht. Grau und müde sah er aus. »Dann verrat mir mal, warum in Folge 5000 der Cliff, den wir eben gedreht haben, nicht mein Cliff war. Es ist meine Geschichte.«

Zacharias hob die Hände: »Tina hat es angeordnet: Jeder Cliff geht auf Charlotte. Bis auch der letzte Zuschauer begriffen hat, dass wir jetzt die große Auerbach in unserer kleinen Serie haben.«

»Angeordnet!« Jan-Joachim lachte. Klang wie ›Max‹, als er das Foto in Stücke riss. »Seid ihr Autoren Kreative oder bloß Befehlsempfänger?«

Die Umstehenden grinsten. Ein paar applaudierten sogar.

»Davon verstehst du nichts«, sagte Zacharias. »Wir cliffen, wo wir es für richtig halten.«

»Entschuldigung«, mischte ich mich ein. »Was, bitte, ist ein Cliff?«

Alle starrten mich an.

»Darf ich vorstellen«, sagte Zacharias, »das ist Tomas Prinz, der Starfrisör, exklusiv für Charlotte Auerbach engagiert.«

Jan-Joachim legte kumpelhaft den Arm um meine Schulter. »Wir wissen doch alle, wer du bist. Dich hat zwar niemand angekündigt oder vorgestellt – hätte ja auch zu viel Stil –, aber es ist trotzdem durchgesickert, dass die tolle Lotte hier in unserem Haufen einen Starfrisör bekommt. Klar, die Lady kommt ja auch aus Amerika! Aber es ist okay. Eine besondere Schauspielerin braucht auch einen besonderen Frisör. Das ist total in Ordnung.«

Diese Ironie fand ich unerträglich. Ich trat einen Schritt zur Seite, und der Schauspieler entließ mich aus der Umarmung. Aber seine Hand auf meiner Schulter wurde ich nicht los.

»Jetzt pass mal auf«, sagte er. »Ich erklär dir, was ein Cliff ist. Ein Cliff-Hänger ist das letzte Bild, die letzte Einstellung. Der Höhepunkt. Du guckst und denkst: Scheiße! Wie geht es weiter? Und du kannst nicht anders: Du musst morgen wieder gucken.«

Dieses ganze sarkastische Getue. Ich wollte irgendwo mein Glas loswerden und verschwinden. Aber ein dichter Kreis von Zuschauern hatte sich um uns herum gebildet.

Wie einer dieser Fernseh-Comedians, die nie komisch sind, rief Jan-Joachim in die Runde: »Aber wie sieht so eine Cliff-Szene eigentlich aus? Ganz einfach. Chefautor, verbessere mich, wenn ich etwas Falsches sage: Der erste Kuss ist immer ein Cliff, stimmt's? Sex nach langer Zeit – Cliff. Die Frage: Liebst du mich? – Cliff. Stirbt er, oder stirbt er nicht? – Cliff.«

Wieder lachten einige. Zacharias guckte freundlich ins Leere. Mir schien, als hätte er nichts als Verachtung für diese Leute übrig.

»Und jetzt frag ich dich, Tomas: Was war heute der Cliff mit Charlotte Auerbach?«

»Keine Ahnung«, sagte ich.

Jan-Joachim wischte Zacharias eine Schuppe von der Schulter. »Hast du gehört? Der Starfrisör hat gesprochen und gerade etwas sehr Richtiges gesagt. Charlotte Auerbach guckt in die Kamera und sagt: ›So ist das Leben.‹ – Cliff.« Jan-Joachim schaute feixend in die Runde. »Entschuldigung, das interessiert keine Sau!« Er sah Zacharias ins Gesicht und wiederholte und betonte jedes einzelne Wort: »Deine Geschichten interessieren keine Sau.«

Für mich hörte es sich an wie eine Entschuldigung, als Zacharias, nicht rotgesichtiger als sonst, erklärte: »Es war der erste Auftritt von Charlotte Auerbach. Es wird eine riesige Kampagne geben, Plakate, Werbespots, Pressekonferenz – alles, was dazugehört.«

»Pressekonferenz?«, wiederholte Viktoria, als hätte ein Zauberwort sie aus einem tiefen Schlaf erweckt.

»Die Leute werden dem 30. März entgegenfiebern. Und nicht wegen dir, Jan-Joachim, sondern wegen Charlotte Auerbach. Sie ist unser Star.« Zacharias trank aus. »Cliff«, sagte er, gab Jan-Joachim das leere Glas in die Hand und schlenderte davon, eine Hand lässig in der Hosentasche. Es sollte auf keinen Fall nach Flucht aussehen.

»Bin ich auch zur Pressekonferenz eingeladen?«, rief Viktoria ihm hinterher und schaute aufgeregt von einem zum anderen. »Immerhin bin ich die kleine Schwester von Charlotte, ich meine natürlich: ›Trixi‹ ist die kleine Schwester von ›Gloria‹, ihr versteht schon.«

Plötzlich stand Tina bei uns. Ich hatte nicht bemerkt, wann sie dazugekommen war und wie viel sie von dem Streit hier mitbekommen hatte. Beinahe zärtlich sagte sie: »Die Serie ist der Star. Niemand sonst.«

Jan-Joachim zuckte die Schultern. »Das heißt in meinen Ohren: Jeder ist ersetzbar.«

»Das heißt: Wir sitzen alle in einem Boot. Wenn wir untergehen, dann alle zusammen.«

Alle schauten ihr stumm hinterher.

Viktoria zupfte an ihrem Top und sagte: »›Die Serie ist der Star.‹ – Klingt toll, irgendwie poetisch.«

Dann ging auch sie, mit drollig kleinen Hüpfern, als hoffte sie, bei jedem Schritt ein paar Zentimeter zu wachsen.

Ein letztes Glas. Auf die heile Welt da draußen.

Ich dachte an den alten Schauspieler, Johannes Beyerle, und fragte mich, ob die Stimmung damals auch so gereizt gewesen war. Vielleicht war das ›SidL‹-Gebäude zu seinen Zeiten noch in Ordnung gewesen. Bis ein stabiler Stein aus der Mauer gerissen wurde und alles einstürzte – Teamgeist, Einschaltquoten … Das alles wieder aufzubauen – Tina war um diese Aufgabe nicht zu beneiden.

Charlotte war schon lange weg. Und mit ihr der Fahrer.

»Hi«, sagte ein Typ. Die kinnlangen Haare und die Augen, die etwas eng zusammenstanden, hatte ich in dieser Kombination noch nie zuvor gesehen. Trotzdem wusste ich aus irgendeinem Grund sofort, wer er war.

»Ich bin Lukas.«

Etwas war asymmetrisch in seinem Gesicht. Hübsche Verbrechervisage, dachte ich. Fünfundzwanzig Jahre, höchstens. »Freut mich«, sagte ich.

»Du weißt, wer ich bin?«

»Komparse?«

Er grinste, und das Asymmetrische schob sich interessanterweise etwas zurecht. »Ich hoffe, du nimmst sie mir nicht krumm, die kleine Lüge. Und verpfeifst mich nicht.«

»Zacharias Rosendräger weiß genau, wer du bist.«

»Hauptsache, ich bin drin.«

»Warum ist dir das so wichtig?«

»Ich will wissen, wie und wo mein Onkel gearbeitet hat. Ich will die Welt kennenlernen, in der er all die Jahre gelebt hat.«

Klang beinahe romantisch, aber wer so viel Einsatz, List und Tücke aufwandte, um nichts als Komparse zu werden, war von mehr als einer romantischen Vorstellung getrieben.

Ich fragte: »Du willst wissen, warum er sich umgebracht hat, stimmt's?«

Er schaute in sein Glas. Er wollte etwas sagen, aber da kam nichts. Stummfilm.

Ich sagte: »Tina wollte deinen Onkel in die Serie zurückholen. Aber der Anruf hat ihn nicht erreicht. Er hat nicht gewusst, dass er zurückkommen sollte.«

Lukas schaute mir direkt in die Augen. »Er hat die Nachricht auf seinem AB abgehört. Er hat von Tinas Angebot gewusst. Wieso sollte er trotzdem gesprungen sein? Ich glaube, es gibt nur eine Möglichkeit.«

»Welche?«

»Genau das will ich herausfinden.«

Die Logik kapierte ich nicht.

Unsicher schob er die Hände in die Hosentasche. »Das bleibt aber unser Geheimnis, klar?«

Ich stellte mein Glas weg. »Tina glaubt, du wärest mein Ex. Dass du hier einen Mörder suchst, auf die Idee kommt wahrscheinlich niemand. – Da haben wir schon zwei Geheimnisse. Ziemlich viel dafür, dass wir uns überhaupt nicht kennen.«

Lukas streckte mir seine Hand hin. Automatisch schlug ich ein.

»Ich wusste«, sagte Lukas, »dass ich mich auf dich verlassen kann.«

Alle Türen waren zu – Dispo, Maske, Kostümfundus. Wie schnell die Kollegen plötzlich weg waren, raus auf den Parkplatz, mit ein paar Promille im Blut ins Auto und ab nach Hause. Ich wollte nur rasch meine Sachen aus Charlottes Garderobe holen, mir am Empfang ein Taxi rufen und dann auch verschwinden.

Lukas, der Schnüffler. Ich weiß nicht, warum, aber der Typ war mir irgendwie sympathisch. Aljoscha würde sagen: Weil er eine gute Fresse hat. Aber da war noch etwas, was mich mit ihm verband: Wir waren beide so etwas wie Outsider in diesem Team. Seine fixe Idee, beim Tod des alten Beyerle, seinem Onkel, könnte jemand nachgeholfen haben, war mir ja auch schon gekommen.

Der Name von Johannes Beyerle war entfernt worden. Auf dem Schild neben der Tür stand über »Viktoria Peichl« jetzt »Charlotte Auerbach«. Sicherheitshalber klopfte ich, ging rein und nahm meine Tasche.

Aus dem Producer-Büro fiel ein Streifen Licht. Tina arbeitete. Oder sie feierte. Durch den Türspalt konnte ich ihren Schreibtisch sehen, beladen mit Papier, und ihre Hand neben einem Glas Champagner. ›Wenn ein neuer Schauschi kommt, muss ein alter Schauschi gehen.‹ Womöglich saß sie gerade angeheitert über dieser dubiosen Streichliste.

Ich klopfte leise, um sie nicht zu erschrecken.

Von heiter konnte keine Rede sein, so ernst und konzentriert, wie sie da saß. Mit ihrem Styling hatte dieser Eindruck wenig zu tun. Tinas Haare. Sie befanden sich immer noch in der Tüte, und die Tüte war in meiner Tasche.

»Ich will nicht stören«, sagte ich.

»Hi«, antwortete sie. Energisch klang das nicht. Eher müde.

Ich legte ihr die Tüte mit den Haaren auf den Tisch. »Sie lagen noch bei uns.«

Sie schaute hinein, nein, sie starrte. War etwas nicht in Ordnung?

»Es sind deine«, sagte ich. »Ganz bestimmt.«

Tina hatte Tränen in den Augen. Alles voller Wasser. Ich hätte es wissen müssen. Die schönen Haare, abgeschnitten, nicht mehr zu ihr gehörig – das ist ein Schock.

»Hey«, sagte ich. »Ist doch kein Ding.«

»Tommy …«, stammelte sie.

»Sie wachsen doch wieder.«

»Manchmal …«

Ich legte den Arm um sie.

»Manchmal habe ich Angst.«

»Angst? Aber wovor denn?«

»Die Schauspieler, die Geschichten, die Requisite, das

Licht – nichts funktioniert. Wie soll ich das alles schaffen?« Sie schluchzte.

»Blödsinn«, sagte ich sanft.

»Ich rackere mich ab, und was macht Jan-Joachim? Sagt, als Producerin hätte ich das Gespür einer Friseuse…«

»Was für ein blöder Vergleich.«

»…und null Ahnung, worauf es bei ›SidL‹ ankommt. Und deine geliebte Charlotte…«

»Was ist mit ihr?«

»Sie behauptet schlicht: Die Producerin kann es nicht.«

»Das soll sie gesagt haben?«

»Diese Bitch, ich bin es doch, die am Ende den Kopf hinhält, wenn sie es nicht bringt.«

»Ich glaub das alles nicht. Woher hast du das?«

»Zacharias hat es mir gesteckt. Mir solche Sachen ins Gesicht zu sagen – das trauen sich diese Schisser nicht. Dabei wäre es völlig in Ordnung. Damit könnte ich umgehen.«

»Tina, das ist Gerede. Dein Chefautor sollte diesen Tratsch von dir fernhalten, statt dir alles brühwarm zu erzählen. Was meinst du, wie meine Leute in der Kaffeeküche über mich ablästern? Du würdest vom Glauben abfallen! Aber als Chef musst du das aushalten.«

Tina starrte ratlos und müde vor sich hin. Die Sache nahm sie wirklich mit.

»Nichts gegen diesen Rosendräger…«, begann ich. »Aber der war hier doch schon Chefautor, als entschieden wurde, dass Beyerle aus der Serie rausgeschrieben werden sollte. Du hast selbst gesagt: Das war ein Riesenfehler. Warum ist der Rosendräger dann noch hier? Warum hast du ihn nicht schon längst rausgeschmissen?«

Tinas Augen waren ganz rot: »Zacharias ist der Einzige, dem ich in diesem Laden trauen kann. Tommy, glaub mir einfach.«

Ich reichte ihr ein Taschentuch. »Wenn ich dir nur einen kleinen Rat geben darf …«

»Muss das sein?«

»Dieser Lukas …«

Mit dem Papier vor dem Gesicht fragte sie näselnd: »Dein Ex? Was ist mit ihm?«

Ich wollte es nicht noch komplizierter machen. Jetzt war wohl nicht der richtige Zeitpunkt, ihr von diesem Verrückten zu erzählen, der die Hintergründe über den Tod seines Onkels aufdecken wollte.

Ich sagte: »Behalt ihn einfach ein wenig im Auge.«

»Übrigens …« Tina saß jetzt ganz gerade. »Einen kleinen Hoffnungsschimmer gibt es. Wenigstens die Marktforschung behauptet: Mit unserem neuen Erzählkonzept, mit Charlotte, das wird super!«

6

Die Ausstrahlung der Jubiläumsfolge 5000 am 30. März um 19.30 Uhr war die erste Folge mit Charlotte Auerbach und brachte keinen nennenswerten Anstieg bei der Einschaltquote. In der werberelevanten Zielgruppe der Vierzehn- bis Neunundvierzigjährigen stieg die Einschaltquote von acht auf gerade mal neun Prozent. Die Marktforschung hatte sich geirrt. Für Tina und die gesamte Produktion war dieses Ergebnis eine Katastrophe.

Noch in der Nacht hatte Tina durch einen Anruf aus dem Headquarter in Berlin von den Zahlen erfahren. Und es lag ja auf der Hand, dass es nicht mehr lange dauern würde, bis die Ersten anfingen, ihre Tage als Producerin zu zählen.

Am dritten Tag rutschte die Quote unter acht Prozent, statt – wie gehofft und dringend erwartet – über zehn zu klettern, um sich irgendwann der Fünfzehn zu nähern. Tina schrieb ein Memo, das sie an alle Mitarbeiter von »SidL« verschickte. Darin hieß es: »Wir sind auf einem guten Weg. Wenn wir das hohe Niveau beibehalten, auf dem wir unsere Geschichten erzählen, wird sich das positiv auf die Zuschauergunst auswirken.«

Ich saß in einem von Tinas weißen Bürosesseln, hielt das auf rosa Papier gedruckte Schriftstück in der Hand und übersetzte: Wir sitzen in der Tinte, und ich weiß auch nicht, wie wir da rauskommen.

Aber das sagte ich natürlich nicht.

Tinas Assistent servierte Kaffee mit Keks und Tablette.

Tina nahm einen Schluck Wasser, warf den Kopf nach hinten und sagte: »Ich darf gar nicht daran denken, was die neuen Dekos kosten, die wir für Charlotte gebaut haben. Allein der Aufwand mit der Treppe, und jetzt noch der Umbau mit der *fancy gallery*!«

Ich schwieg auch darüber, dass Mutter diese Treppe »verwirrend« fand. »Da war doch noch nie eine Treppe«, hatte sie am Telefon gesagt.

»Erinnerst du dich, Tommy, wie du mir im Februar gesagt hast, ich müsse für einen Befreiungsschlag sorgen? Den Schlag habe ich jetzt, aber wo bleibt die Befreiung?«

Der Kaffee war sehr gut. »Ach, komm«, sagte ich, »das renkt sich wieder ein.«

Für Freitag hatte ich Charlotte nach Drehschluss ein Glossing verordnet, einen Reparaturtermin bei mir im Salon. Diese Prozedur ist bei ihrem Styling, jeden Tag Haarspray und Glätteisen, Pflicht. Ab und zu muss sich das Haar von den Strapazen erholen, will mit Lavendel und Maisproteinen gestreichelt und entspannt werden. So verhindern wir, dass es porös wird und uns am Ende die Spitzen wegbrechen.

Charlotte war spät dran. Mit geschlossenen Augen lag sie im Sessel, Bea spendierte ihr mit der Haarwäsche eine sanfte Kopfmassage.

Ich räumte auf. Ein Chaos am Empfang. Alles stehen und liegen lassen und auf in den Feierabend. Das Gekritzel und

Wegradieren mit den tausend verschiedenen Handschriften sagte mir, dass es hier am Tage drunter und drüber ging. Dafür hatte Florentine inzwischen einiges an Neukunden dazubekommen.

Und während drüben bei den Waschbecken Charlotte seufzte, als würde sie ihren letzten Schnaufer tun, dachte ich: So ruhig und angenehm temperiert, wie das Wasser aus dem Hahn rauscht, so verläuft gerade auch mein Leben: Jeden Morgen zum Styling nach Unterföhring, danach ein Kaffee bei Tina im Büro, später die Arbeit an ausgewählten Kunden im Salon. Und für das gute Klima hatte ich Aljoscha – auf Socken in der Wohnung, manchmal mit Einkaufstüten auf der Straße, zwischendurch zum Plaudern im Salon. So viel gemeinsame Zeit hatten wir noch nie. Früher hätte ich mir das nicht vorstellen können. Wie lange der Traum andauerte, hing auch davon ab, wie lange Babuschka, Aljoschas Großmutter, in Moskau mit den Marotten ihrer Schwester aus Sibirien zurechtkam.

Aljoscha war da sorglos. Auch was seine Zukunft betraf: »Ich denke darüber nach«, hatte er mitgeteilt. Mir war das recht. Sollte er nachdenken und sich viel Zeit dafür nehmen, nach all den Jahren bei dieser russischen Sklaventreiberin in der Galerie.

Größere Sorgen machte mir die Frage, wie ich weitere sechs Wochen ohne Kitty überstehen sollte. Ich hatte nicht damit gerechnet, dass sie ihre Reha verlängern musste.

In diesem Moment war das Wasserrauschen vorbei.

»Das Problem«, hörte ich Charlotte sagen, »ist nicht das Textlernen. Ich lerne kurz vor dem Einschlafen und fertig. Das Problem ist, den Text wieder loszuwerden.«

Bea wickelte Charlotte das Handtuch zu einem Turban um den Kopf herum.

»Das ist gar nicht so einfach!«, rief Charlotte laut, weil sie wollte, dass ich hier vorne jedes Wort mitbekam. »Die Texte in den verschiedenen Szenen unterscheiden sich nämlich oft kaum voneinander. Es ist immer wieder die gleiche Soße.«

Für das Glossing kam Bea jetzt mit ihr nach vorne.

Charlotte setzte sich. »Und da ist es mir doch heute tatsächlich passiert, dass ich in einer Szene mit Jan-Joachim und Viktoria plötzlich den Text von letzter Woche spreche. Ich bin da einfach reingerutscht – die gleiche Deko, die gleiche Besetzung, das gleiche Thema und keine Progression. Ich habe es zuerst gar nicht gemerkt.«

Bea streichelte mit dem Frottee Charlottes Haar. Ich servierte eine Tasse Kräutertee und dachte: Gleiche Deko, gleiche Besetzung, gleiche Texte – Daily Soap-Schauspieler und Frisöre haben einiges gemeinsam.

»Erst als Jan-Joachim mich anguckt wie ein kaputtes Auto, weil er seinen Anschluss nicht findet, wusste ich, was los ist. Und statt dass der Kollege improvisiert, lässt er mich hängen.«

Bea kämmte.

»Und ruck, zuck hängen wir wieder dreißig Minuten, plus die Stunden, ich weiß nicht, wie viele, die sich da über die letzten Tage bereits angesammelt haben. Und das, wo alle ins Wochenende wollen. Okay, hat der Regisseur gesagt, wir verschieben die komplizierte Selbstmordszene von Viktoria mit all dem Blut in der Badewanne auf Montag – obwohl alles schon vorbereitet ist. Außerdem müssen am Montag die Szenen für die neuen Folgen geprobt werden, und der Regisseur sollte da schon längst im Schnitt sein. Im Moment ist alles im Rutschen. Ihr könnt euch vorstellen, wie die Stimmung war. Aber die ist ja schon die ganze Woche im Eimer. Hat Tommy erzählt? Die Quoten sind wie festgenagelt.«

Die Pflege trug Bea immer vom Ansatz zu den Spitzen hin auf, ohne dabei in Kontakt mit der Kopfhaut zu kommen.

»Jedenfalls kommt dieser Zacharias, der die ganze Zeit nichts Besseres zu tun hat, als über den Studiokanal zu spionieren, macht sein dummes, verzweifeltes Gesicht und sagt: ›Charlotte, so geht das nicht. Wenn du etwas anderes spielst, als ich dir schreibe, müssen wir uns etwas überlegen.‹«

Charlotte schaute zu mir herüber.

»Und?«, fragte ich gehorsam.

»Ich sag zu Zacharias: ›Überlegen? Ich sag dir jetzt mal, was du überlegen musst! So eine Panne wie mein Salat mit dem Text passiert, weil du mit deiner blutleeren Autorentruppe diese öden Geschichten schreibst.‹ Gestritten haben wir uns wie die Kesselflicker, und dann sag ich zu Zacharias: ›Siehst du, genau solche Szenen brauchen wir!‹«

»Toll«, sagte Bea.

Charlotte nickte und nahm einen Schluck Tee. »Aber die Geschichte geht noch weiter. Dann war Kostümwechsel. Ich also rauf in die Garderobe, da läuft mir Tina in die Arme. Unter uns: Sie sieht wirklich schlecht aus, die Kleine. Ich erzähle ihr, dass Zacharias mir gedroht hat. Dass ich so nicht arbeiten kann. Aber was dann kam!« Charlotte zitierte Tina mit verstellter Stimme: »›Baby, ich hab im Moment wirklich andere Sorgen.‹« Charlottes Entrüstung fand keine weiteren Worte.

Kurz schaute ich zu Bea, die weiter konzentriert die Pflege auftrug. Ich fand Tinas Reaktion gar nicht so schlimm. Die waren in der Produktion jetzt doch alle mit den Nerven am Ende.

Mit raumfüllender Stimme deklamierte Charlotte nun, als ob sie nicht hier im Salon mit einer Emulsion im Haar sitzen, sondern in dramatischer Rolle auf großer Bühne stehen würde: »Was habe ich denn mit dem Desaster bei den Einschaltquoten zu tun? Jetzt ist es wenigstens offiziell: Die wollen mich loswerden. Kein Problem. Ich kann jederzeit zurück nach L.A.«

»Blödsinn«, sagte ich. »Guck mal, Charlotte, dein Haar sieht wirklich schon wieder viel, viel besser aus.«

»Von einem Chefautor lasse ich mich nicht unter Druck setzen. Und von einer Producerin erwarte ich, dass sie sich hinter mich stellt und notfalls die nötigen Konsequenzen zieht.«

»Was denn für Konsequenzen?«

Den Blick geradeaus, verkündete Charlotte ihrem Spiegelbild: »Ganz einfach: Zacharias Rosendräger oder ich. Einer von uns beiden muss weg.«

Bea beugte sich zu ihr herunter und fragte: »Kann es sein, dass du Löwe mit Aszendent Jungfrau bist?«

Wenn es nach mir gegangen wäre, hätte ich das Thema Charlotte, Tina und die »So ist das Leben«-Fernsehproduktion für dieses Wochenende gerne abgehakt. Ging aber nicht.

Am Samstag nach dem Aufstehen – es war gegen elf und das Wetter herrlich – sah ich, dass Tina mehrmals, Charlotte einmal angerufen hatte. Beide, ohne eine Nachricht zu hinterlassen. Und während Aljoscha das Bad unter Wasser setzte und ich nach meinem weißen Hemd mit dem breiten Kragen suchte, klingelte es schon wieder.

Es war Bea. Sie fragte: »Wie machst du das eigentlich – schlägst du dem Frühstücksei den Kopf ab, oder pellst du mit den Fingern?« Es kam heraus, dass ihr Frühstücksdate ein Reinfall gewesen war.

Danach stellte ich den Apparat auf stumm und dachte: Tina und Charlotte – die beruhigen sich schon wieder.

Bea war anderer Meinung. Beim Spaziergang entlang der Isar sagte sie: »Charlotte will beachtet und verehrt werden. Löwen ticken so. Und im Moment ist genau das Gegenteil der Fall. Charlotte ist kritisiert, also verwundet worden. Und geht jetzt zum Angriff über.«

»Du meinst, Zickenkrieg.« Aljoscha blieb stehen und blinzelte in die Sonne. Plötzlich kam mir die Idee, dass er doch eigentlich bei mir am Empfang einspringen könnte, solange sein Denkprozess über die Zukunft andauerte und Kitty an ihrer Gesundheit arbeitete. Aber vielleicht war ihm der Job zu dumm. War ja auch bescheiden im Vergleich zu dem, was er vorher gemacht hatte. Atelierbesuche, Kunstmessen, Vernissagen. Das würde er selbst natürlich nie sagen. Und ich wollte auf keinen Fall riskieren, dass er sich verpflichtet fühlte.

»Hey!« Ich gab ihm einen kleinen Schubs. »Du bist doch auch Löwe.«

»Aber mit Aszendent Waage.«

»Ihr dürft Charlotte nicht unterschätzen. Die Zeit der friedlichen Kompromisse ist für sie vorbei. Für sie geht es jetzt ums Überleben.« Bea sah mich von der Seite an. »Ich finde trotzdem, du solltest versuchen zu vermitteln.«

Ich nahm einen Stein und schleuderte ihn ins Wasser. Ich sagte nichts. Ich kannte Beas Analysen, das würde sonst endlos so weitergehen.

Aber das Thema verfolgte mich trotzdem. Allein auf dem Weg zur Maximilianstraße – ich wollte Aljoscha überraschen und ihm eine neue Sonnenbrille kaufen, während er im Müllerschen Volksbad seine Bahnen schwamm – begegnete Charlotte mir an jeder Bushaltestelle, an jeder Litfaßsäule. Am Gärtnerplatz kam es mir vor, als ob sie mit ihrem aufgesetzten, immer gleichen Lächeln Aufsicht führen würde über all die Menschen, die dort in der Sonne saßen, teilweise schon so braun wie die Kaffeegetränke in den Gläsern vor ihnen.

Auf dem Viktualienmarkt verlor ich sie zwischen den Ständen mit den gestreiften Markisen mal kurz aus den Augen. Aber als ich im Literaturcafé am Salvatorplatz einkehrte und die Zeitungen durchsah, hätte ich in der Wochenendausgabe der *Süddeutschen* schon wieder ein großes Interview mit ihr lesen können. Über Amerika. Von so viel Publicity konnten die anderen bei »So ist das Leben« nur träumen.

Viktoria Peichl, zum Beispiel. Wie sie wieder geheult hatte, dass nun auch die Maske gegen sie arbeiten würde. »Guck doch mal«, hatte sie geschrien und mich angestarrt.

»Was?«, fragte ich.

»Der Eyeliner. Sieht doch total fad aus!«

Es kostete mich nichts, ihr die Wahrheit zu sagen: »Überhaupt nicht. Du siehst super aus.«

»Wirklich?«

»Ganz, ganz ehrlich.«

Ich überlegte, ob ich mit Aljoscha nicht einen Kurztrip machen sollte. Einfach mal raus.

Plötzlich war mir klar, was da im Team passierte. Tina hatte einen Grundsatz gebrochen, den sie an Charlottes erstem Drehtag noch stolz verkündet hatte: »Die Serie ist der Star.« Genau das stimmte nun nicht mehr. Charlotte war der Star, alle anderen waren die arme Verwandtschaft.

Und die Folgen dieses Bruchs musste Charlotte jetzt ausbaden: Weil die Ausstrahlung der Jubiläumsfolge bei den Zuschauern keine Resonanz gebracht hatte, kippte die Stimmung im Team, und der Frust über den ausbleibenden Erfolg richtete sich allein gegen sie. Das bekam auch ich als Anhängsel von Charlotte zu spüren. Zum Beispiel beim Empfangsgirl. Sonst wollte sie jeden Tag stundenlang mit mir über ihre Haarfarbe diskutieren, jetzt fühlte sie sich nicht mal mehr dafür zuständig, mir ein Taxi zu rufen. Oder der Schauspieler Jan-Joachim. Wollte immer mit mir mal »ein Bier trinken« gehen und bekam jetzt fast einen Wutausbruch, weil ich in der Kantine, ohne mir etwas dabei zu denken, die letzten Gurkenscheiben für ein Sandwich nahm. Wie hatte er noch gesagt? »Was willst du hier überhaupt?«

Nur Kleinigkeiten.

Lukas, der Komparse, war irgendwo in den Business-Szenen untergegangen, in denen er einen von vielen stummen Angestellten spielte. Er war wohl der Einzige, der Wert darauf legte, sich in diesem Laden unauffällig zu verhalten.

Arme Charlotte. Für das ganze Quotendesaster zum Sündenbock degradiert. Allein schuldig gesprochen, falls »So ist das Leben« bis zum Jahresende tatsächlich aus dem Programm genommen und eingestellt werden würde. Und im Moment sah es ganz danach aus.

Ich schlenderte über den Odeonsplatz, um dem Bronzelöwen über die Nase zu streicheln. Soll ja Glück bringen.

Im Hofgarten spielten Kinder kreischend Fangen. Männer warfen Boulekugeln und machten knappe Kommentare. Und junge Frauen tranken mit gespitzten Mündern Kirschsaftschorle, ließen bei übereinandergeschlagenen Beinen die Riemchensandalette am Fuß baumeln und präsentierten zum ersten Mal in dieser Saison ihre frischlackierten Zehennägel.

Ich sah Aljoscha schon von weitem. Seine Haare waren noch nass und glitzerten im Licht. Und ich dachte: Wenn Charlotte tatsächlich hinschmeißt, wäre ich der Letzte, der sich darüber beschwert.

7

Gemma«, sagte der Taxifahrer.

»Nach Unterföhring«, antwortete ich und dachte: Ich habe keine Lust.

Es war nicht die Fahrt, es war das Ziel, Unterföhring, die TV-Produktion, und vielleicht nicht mal das, sondern die Tatsache, dass ich keine Wahl hatte. Dass ich dorthin fahren musste. Vertrag ist Vertrag. Ich bin solchen Zwang nicht gewohnt.

Ein Sonnenstrahl brachte die alte Fassade gegenüber zum Leuchten. Eine Dame mit Hündchen spazierte lächelnd auf der Hans-Sachs-Straße wie auf einer Kurpromenade, als gäbe es keine Sorgen, keine Aufgaben von Belang, nur die Beschäftigung, hier entlangzulaufen.

»Da fällt mir ein …«, log ich. »Ich muss noch etwas erledigen.«

Der Mann betrachtete verdutzt den Geldschein in seiner Hand.

Dieser kleine Aufschub, diese halbe Stunde war nicht gestohlen, sie war gekauft. Aber ich freute mich wie damals als Schüler, wenn ich die erste Stunde schwänzte. Dieses Gefühl, eben doch unabhängig zu sein, wenn auch nur, um Kaugummis zu ziehen oder, in meinem Fall, im ›Selig‹ einen Kaffee zu trinken und einmal durch die Zeitung zu blättern. Letztlich war es so albern wie mein Tick, kein Mobiltelefon zu haben, um nicht Sklave der ständigen Erreichbarkeit zu sein.

Ich faltete die Zeitung zusammen und ging zurück zum Salon, keine Intuition, ein Jux. Niemand würde dort mit mir rechnen.

Ich sah sie schon von draußen durch die Scheibe, die neue Empfangsdame, die sich da ohne mein Wissen auf Kittys Stuhl gepflanzt hatte. Die Dame trug Bart. Ich trat ein, aber sie beachtete mich überhaupt nicht.

»Guten Morgen«, wünschte ich.

Eine winzige Sekunde – er war überrascht oder sogar ertappt –, dann hatte Aljoscha sich gefangen und sagte ziemlich von oben herab: »Haben Sie einen Termin?«

»Perfekt!« Ich lachte. »Der Ton – alles!«

»Ich arbeite mich ein.« Aljoscha grinste. »Es sollte eine Überraschung sein.«

»Das ist es. Das ist es wirklich.« Ein Liebesbeweis – ich hätte mich nie getraut, ihn einzufordern.

Das Taxi kam so schnell, wie Aljoscha befohlen hatte: »Subito.«

Ich war jetzt doch in Eile. Der Pförtner in seinem Häuschen an der Einfahrt zum Produktionsgelände telefonierte und telefonierte und kam mir heute ein wenig gestresst vor. Dann ging die Schranke hoch.

Wir fuhren im Schritttempo die schmale Straße entlang, von Bodenschwelle zu Bodenschwelle, und bogen um die Kurve zum Parkplatz vor dem Produktionsgebäude. Der Fahrer lehnte sich über sein Lenkrad. Das war keine Kurzsichtigkeit, eher ein Ausdruck von Ratlosigkeit. Vor den

Studios flatterte ein Band. Alles abgesperrt. Da war kein Rankommen.

»Kein Problem«, sagte ich. »Halten Sie einfach hier.«

Obwohl klar war, dass unter den Menschen, die sich da entlang der Absperrung reihten, die Fans in der Minderheit waren, dachte ich zuerst an gewöhnliche Dreharbeiten, zumal in dieser Woche bei »So ist das Leben« doch auch irgendein Mord oder Totschlag mit Polizisten geplant war, allerdings nicht im Außendreh. Stutzig machte mich erst der Leichenwagen, der von Polizisten zum Eingang dirigiert wurde.

»Was ist da passiert?«, fragte ich.

Alle starrten über eine Entfernung von hundert Metern auf das hässliche Gebäude.

»Entschuldigung?«, sagte ich noch einmal.

»Macht ihr bitte mal Platz?« Jemand stellte ein Stativ auf und montierte eine Kamera.

Eine Frau in kniehohen Stiefeln stellte sich in Position, Rücken zum Gebäude. Der Wind zauste ihr Haar, die Fransen ihres Mikrophons und brachte die Blätter ihres Notizblocks zum Flattern. Ganz verfroren sah sie aus in ihrem Frühlingsmäntelchen. Man vergisst leicht, dass es hier draußen in Unterföhring immer ein paar Grad kälter ist als in der Innenstadt.

Ich tauchte einfach unter dem Flatterband hindurch. Ein Polizist lief mir entgegen, als wollte er mich umarmen. »Junger Mann«, rief er. »Sie können hier nicht durch.«

»Ich arbeite hier.«

»Tomas!« Jemand aus der Gruppe vor dem Eingang kam mit schnellen Schritten auf uns zu. Helle Augen, Button-down-Kragen unterm Anorak. Irgendwo klingelte es schwach. Ich kannte den Typ.

»Was machst du denn hier?« – Torsten, der Assistent bei der Kriminalpolizei, Morddezernat. Er war jetzt also auch unter die Bartträger gegangen.

»Was ist denn hier los?«, fragte ich, während wir uns die Hand schüttelten.

»Wir ermitteln.« Er strahlte. Wir hatten einmal eine kurze, aber intensive Begegnung gehabt. »Wie geht's dir?«, fragte er.

»Ich müsste eigentlich schon seit einer Stunde da drin sein und meine Schauspielerin stylen. Ist jemand …?«

Torsten schaute zurück zum Eingang, als hätte ich ihn an ein unangenehmes Thema erinnert.

»Torsten, bitte sag nicht: Die Hauptdarstellerin.«

Vielleicht durfte er nichts sagen. Der Assistent wollte keinen Fehler machen, deshalb druckste er herum: »Jemand aus dieser Fernsehproduktion, dieser Serie. Sonntagabend ist es passiert.«

Diese Übelkeit. Ich atmete tief durch. »Torsten, ich muss es wissen – wer?«

»Ich bring dich zu ihr.« Weil ich mich nicht von der Stelle rührte, bemerkte er meinen Blick und setzte lächelnd hinzu: »Zur Chefin. Zu Annette.«

Und dann sah ich die Leiche.

Es war nur ein Moment. Als ob die Leute in ihren Schutzanzügen höflich für mich zur Seite traten, um mir den Blick durch die Eisentür freizugeben, diese einzig mögliche Perspektive vom Flur quer durchs Studio, direkt hinein in die Deko ›Badezimmer‹.

»Sieh nicht hin«, sagte Torsten noch, aber es war schon zu spät.

In der Badewanne lag quer ein Körper, als hätte jemand achtlos eine Puppe dorthin geschleudert. Ein Arm ragte verdreht zur Seite, auf der anderen Seite hing schlaff das Bein heraus. Rücklings auf dem Wannenrand lag der Kopf – der Blick starr nach oben gerichtet und der Mund offen, als hätte es noch etwas zu sagen oder zu fragen gegeben. Und über allem lag ein eigenartiger Schimmer, als wäre die Szene besonders raffiniert ausgeleuchtet: Das tote Gesicht, das Hemd, das eng am Körper klebte – als hätte sich alles Gewebe mit blassrosa Farbe vollgesogen. Nur die Haare glänzten metallisch orange. Der Chefautor Zacharias Rosendräger war auch im Tod eine merkwürdig rosa-orangefarbene Erscheinung.

»Da haben wir ihn ja: Tomas Prinz.« Annette Glaser machte einen Haken auf ihrer Liste. »Bitte gehen Sie jetzt zu den Kollegen in die Kantine und halten sich bereit, bis ich Sie rufe.«

Während die Schauspieler ziemlich zerknittert dreinschauten, trat Charlotte Auerbach an diesem Tag allein durch einen schönen, glatten, cremefarbenen Umschlag in Erscheinung. Der Brief wurde von einem Kurier zugestellt und war an »Tina Schmale persönlich« adressiert. Annette Glaser nahm den Brief an sich.

Kurz darauf sah ich Torsten über den Parkplatz gehen und beobachtete, wie ein Opel mit Vollgas losfuhr, bremste, über die Schwelle holperte, wieder Vollgas gab, bremste, bis er um die Kurve verschwand.

Als die Kriminalkommissarin jeden Einzelnen verhört hatte, rief sie mir zu: »Wir reden später. Ich melde mich bei Ihnen«, und ging.

Mittlerweile hatte der cremefarbene Brief seinen Adressaten erreicht und lag vor Tina auf dem Producer-Schreibtisch. Tinas Assistent servierte Kaffee mit Keks und Tablette.

Tina nahm einen Schluck Wasser, warf den Kopf nach hinten und sagte: »Was für ein grauenerregender, verfickter Horror-Scheißtag.«

Auch ich nahm eine Tablette und sagte: »Stimmt.« Mich interessierte Charlottes Brief.

Tina stützte die Ellenbogen auf, presste die Fingerspitzen gegen ihre Schläfen und schloss die Augen.

Man kann es auch so ausdrücken: Der Tag war hochemotional gewesen, und sie hatte die ganze Zeit nüchtern und sachlich Entscheidungen treffen müssen. Relativ einfach zu bewerkstelligen waren die Meldung an die Presse (»Tief bestürzt teilen wir mit ... «) und das Interview für die TV-Nachrichten (Tina, mit brüchiger Stimme: »Wir sind alle fassungslos. Wir können noch gar nicht glauben, was da passiert ist«). Das größere Kunststück bestand jedoch darin, mit den richtigen Worten möglichst rasch zu einem Pragmatismus zu finden und den geschockten Mitarbeitern schonend zu signalisieren: Es geht weiter, auch wenn unser Chefautor tot in der Badewanne liegt, aufgefunden von unserem Szenenbild-Praktikanten, der minutenlang nicht aufhören konnte zu schreien.

Dass das tödliche Auffangbecken mit blutrotem Wasser gefüllt war, hatte die Sache nicht besser gemacht. Dabei hatte man dem Praktikanten, dem armen Kerl, nur ersparen wollen, vor dem Wochenende viele hundert Liter Wasser, mit Theaterblut präpariert, aus der Wanne zu schöpfen. Viktoria hätte darin am Freitag den Selbstmordversuch von ›Trixi‹ spielen sollen, aber aus Zeitgründen war der Dreh dann auf diesen Montag verschoben worden.

Die Hoffnung, der Sturz von Zacharias Rosendräger könnte nur ein Unfall gewesen sein, erfüllte sich nicht. Mit einem Überschlag war er in der Wanne gelandet.

Vielleicht war ich der Einzige, den der Sturz Zacharias Rosendrägers von der Galerie ins Badewasser an den Sturz von Johannes Beyerle in die Isar erinnerte. Ob das die einzige Parallele war oder nicht – ich behielt diesen dummen Gedanken für mich.

Tinas Assistent verabschiedete sich flüsternd. Auf der Büroetage kehrte langsam Ruhe ein. Auch die Beamten von der Spurensicherung waren abgezogen, allerdings nicht, ohne ein Siegel an der Eisentür zu Studio zwei zu hinterlassen. Für die Polizei war es Routine, für Tina nach dem Mord die zweite große Katastrophe.

»Das geht nicht«, hatte sie gesagt und dem verdutzten Beamten in einem Wortschwall erklärt, dass da drinnen in den nächsten vier Tagen gedreht werden müsse, fünfundvierzig von neunzig Szenen, das Material für fünf Folgen, die in sechs Wochen ausgestrahlt werden – egal, ob der Chefautor tot oder lebendig ist, und eine Unterbrechung der Produktion sei unmöglich! Der Beamte guckte nur, zwinkerte. Und Tina, in einem Ton, als wollte sie den Mann beruhigen: »Okay. Wir kriegen das hin.«

Der Produktionsstab beschloss, alle Szenen in Sechzehn-

Stunden-Schichten in Studio eins zu drehen. Die Autoren, die binnen vierundzwanzig Stunden die Drehbücher umzuschreiben hatten, meldeten, sie würden auf eine psychologische Betreuung verzichten, wenn sie zusätzliche Storyliner bekämen. Und so kam es, dass der Tod von Zacharias Rosendräger binnen weniger Stunden auf ein produktionstechnisches Problem reduziert wurde, das irgendwie gelöst werden musste.

Blieb die Frage, wo die Hauptdarstellerin abgeblieben war.

Tina ließ den Briefbogen sinken. Mit den Gedanken war sie nicht hier, in diesem Raum, an ihrem Schreibtisch, mit mir auf dem weißen Sofa, sondern an einem Ort, wo gerade alles einstürzte.

Jetzt, dachte ich, kommt der Zusammenbruch. Nach so einem Tag kann es reichen, dass ein Fingernagel bricht, um einen Weinkrampf auszulösen. Im Salon erlebe ich das oft genug, und da gehen dem Gefühlsausbruch nichtigere Dinge voraus als das, was Tina heute erlebt hatte. Und ich würde, wieder einmal, den Tröster machen. Dabei war ich selbst mit den Nerven am Ende.

»Bitch!«, sagte Tina.

»Wie?«

Sie fixierte mich. »Du, Tomas, hast mir diese Frau eingebrockt. Du sorgst dafür, dass Charlotte Auerbach morgen hier ist. Um sieben Uhr wird gedreht. Bring sie mir meinetwegen in Handschellen. Aber pünktlich.«

Ich setzte meine Tasse zurück auf die Untertasse und stand auf. »Tina, hast du eigentlich mitbekommen, was passiert ist? Zacharias Rosendräger ist umgebracht worden. Da unten lag bis eben seine Leiche. Jemand ist an Pförtner und Sicherheitsdienst vorbei durch geschlossene Türen gekommen und bis in die Studios vorgedrungen. Jemand hat Zacharias von der Galerie gestoßen. Siehst du nicht, was das bedeutet? Wach mal auf! Zacharias hat seinen Mörder vielleicht gekannt. Der Mörder ist womöglich einer von uns.«

Tina starrte mich an.

Ich nahm meine Tasche. Es war mir egal, ob Tina noch etwas sagen wollte.

8

Im Flur war Mehl. Vorne brabbelte der Fernseher, hinten rockten irgendwo die Russen. Aljoscha war barfuß und knetete am Küchentisch einen Teig.

»Na, endlich!«, rief er. »Ich habe es schon in den Nachrichten gesehen. Wie ich es hasse, dass ich dich nicht anrufen kann. Nicht mal, um zu fragen, wo hier das Nudelholz ist.«

Es roch nach gebratenen Zwiebeln.

»Ich habe mir Sorgen gemacht!«

Ich küsste ihn. »Ich glaube, es gibt in diesem Haushalt gar kein Nudelholz.«

Aljoscha rieb sich mit dem Handrücken die Stirn. »War es schlimm? – Ja. Du siehst müde aus. Nimm dir Tee.«

Auf dem Tisch stand ein Schnapsglas. »Danach wäre mir jetzt auch.«

Aljoscha rollte noch einmal mit einer leeren Flasche über den hauchdünnen Teig, nahm mir mit Mehlfingern das Glas aus der Hand und fing an, damit kreisrunde Formen aus dem Teig zu stechen.

Ich legte die Zeitungen mit der kyrillischen Schrift auf den Schrank und setzte mich.

»Christopher kommt nachher.« Auf jedes der Teigstückchen setzte Aljoscha einen Löffel Hackfleisch, mit Salz und

Pfeffer gewürzt. »Dein Schwager fühlt sich, glaube ich, ein bisschen allein. Regula ist heute wieder nach Zürich gefahren. Da hab ich gesagt: Komm vorbei. Ich mach Pelmeni.«

Er faltete das kleine Stück Teig wie eine Tasche um die Füllung herum und drückte die Ränder mit Daumen und Zeigefinger zusammen. Die Fabrikation dauerte nur Sekunden, und von den Dingern auf dem Mehlbrett sah eines aus wie das andere. »Wirklich, Tomas, geh. Ruh dich ein bisschen aus.«

Die Matte aus Lammfell auf dem Parkett im Wohnzimmer sah ich hier zum ersten Mal. Mir war das Sofa lieber. Und da steckten ja auch Aljoschas Socken, aber wo war die Fernbedienung?

Ich musste nicht hingucken, um zu wissen, was da lief. Ich angelte mir ein zweites Kissen und guckte.

GLORIA SUCHT ETWAS AUF DEM SCHREIBTISCH, WÄHREND TRIXI SICH EINE JACKE ANZIEHT.

TRIXI:

Ich bin dann mal los.

GLORIA (suchend):

Trixilein, hast du irgendwo die Einladung gesehen? Max' Einweihungsparty. Du solltest auch hingehen. Max wäre glücklich. Er ist so nett. Die Feier wird dich auf andere Gedanken bringen.

TRIXI:

Nein. Akzeptier das endlich.

TRIXI GEHT FORT. GLORIA SCHAUT IHR BESORGT HINTERHER.

Man war ja über jeden Satz, jede Szene erleichtert, die Viktoria als ›Trixi‹ hinter sich brachte, ohne dass man die Hände über dem Kopf zusammenschlagen musste. Um Missverständnisse zu vermeiden: Ich hatte großen Respekt vor Viktoria. Sie war vielleicht nicht die Hellste, nahm aber ihre Rolle ernst. Setzte sich mit allem und jedem auseinander, auch wenn sie dabei Tatsachen verdrehte und Wahrheiten verkannte. Wie heute in der Kantine, als alle auf ihr Einzelgespräch mit Annette Glaser warteten.

Niemand hatte gesprochen. Außer Viktoria. Ohne Punkt und Komma. Was sie Zacharias alles zu verdanken habe! Wie ein Vater sei er gewesen! Gefördert habe er sie, wo er nur konnte, und immer an sie geglaubt! War immer erreichbar – Tag und Nacht mit Rat und Tat.

Die Verklärung von Zacharias Rosendräger war in vollem Gange.

Plötzlich fragte Viktoria: »Warum starrt ihr so?«

Jan-Joachim war der Einzige, der antwortete. »Glückwunsch, Viktoria«, sagte er, bevor er verärgert aus dem Raum ging. »Deine Chancen, dass du in der Serie bleibst, sind seit heute, seit Zacharias tot ist, ein kleines bisschen gestiegen.«

Die Hintergrundmusik im Fernseher verhieß Unheilvolles. Ich guckte wieder.

GLORIA KRAMT IM PAPIERKORB UND FINDET DIE EINLADUNGSKARTE. UND NOCH ETWAS. SIE STUTZT, SUCHT EINZELNE PAPIERSCHNIPSEL HERAUS UND LEGT SIE WIE EIN PUZZLE ZUSAMMEN. ES IST DAS FOTO DES VERSTORBENEN.

GLORIA (aufgewühlt):
Geliebter Vater…, warum…? Was hat das alles zu bedeuten?
GLORIA SCHAUT DÜSTER AHNUNGSVOLL IN DIE FERNE.

»So ist das Leben«, jauchzten die Trompeten in der Titelmelodie, während der Abspann über den Bildschirm raste. Als hätte mein Schwager Christopher nur auf diesen Moment gewartet, klingelte es an der Tür. Im Vorbeigehen schaltete ich den Fernseher aus.

An diesem Abend trug ich nicht viel zur Unterhaltung bei. Ich fragte: »Rot oder Weiß?«, während Christopher interessiert die blassen kleinen Teigtaschen auf seinem weißen Teller betrachtete, über die Aljoscha – den Daumen auf dem Flaschenhals – farblosen Essig spritzte.

»Fehlt nicht noch was?«, fragte ich. »Ich meine, etwas Farbe. Kräuter vielleicht?«

Aljoscha drehte etwas Pfeffer aus der Mühle und nahm einen großen Klacks von der sauren Sahne.

Wir machten es ihm nach und wechselten unauffällig einen Blick. Schmeckte gut. Sogar ganz ausgezeichnet. Wir lobten das Essen. Und Christopher buchstabierte: P-e-l-m-e-n-i. »Auf die russische Küche«, sagte er. Und: »Auf die Freundschaft. Die Liebe, die deutsch-russische.«

Er wollte plötzlich wissen, wie das eigentlich sei in Russland, mit dieser Jugendorganisation »Naschi«. Ob die tatsächlich nur als Jubeltruppe für den russischen Präsidenten erfunden worden sei.

Aljoscha kaute, trank und erklärte, das müsse man differenziert sehen. Was nun kam, war ein kleines Referat. Über eine heranwachsende Generation in Russland und eine Partei. Über Demokratie und Parlamentarismus, den es nur einmal in der Zeit zwischen Februar und Oktober 1917 gegeben hatte. Und schon waren wir mittendrin in der Geschichte Russlands, in der das Wort Demokratie, die Herrschaft des Volkes, immer eher wie eine Drohung klang.

Meine Gedanken wanderten. Ob Charlotte wirklich alles hinschmeißen und nicht mehr weitermachen würde? Für die Serie wäre es eine mittlere Katastrophe. Jetzt, wo das Hindernis aus dem Weg geräumt war, konnte sie doch ruhig weitermachen.

Aber ich würde sie bestimmt zu nichts überreden.

»Er hat dich etwas gefragt«, sagte Christopher und lachte. »Kumpel, wo bist du mit deinen Gedanken?«

»Beim Mord«, sagte Aljoscha.

Christopher verstand kein Wort. »Mord? Was hast du denn schon wieder mit Mord zu tun?«

Ich begann zu erzählen, was in der Produktion passiert und was an Informationen bis zu mir durchgesickert war: dass der Chefautor – wie so oft am Wochenende – in seinem Büro Drehbücher bearbeitet hatte. Dass er am späten Abend ins Studio gegangen sein musste, hinauf auf die Galerie, wo auch an diesem Sonntag – wie schon an den drehfreien Wochenenden zuvor – tagsüber die neue Deko ›Kaminzimmer/Bibliothek‹ gebaut wurde. Entweder hatte der Täter einen Schlüssel, oder er wurde von Zacharias in das Produktionsgebäude hereingelassen. Der Stoß hinunter in die Deko ›Badezimmer‹ musste gegen dreiundzwanzig Uhr passiert sein.

Christopher guckte starr auf die Kuckucksuhr, die Aljoscha mal mitgebracht hatte, und sagte: »Das ist ja furchtbar!«

Ich verteilte den restlichen Wein und fragte: »Wer passt eigentlich heute auf Anna und Jonas auf? Oder brauchen die jetzt plötzlich keinen Babysitter mehr?«

»Opa Auerbach ist da.«

»Wer?«, fragte Aljoscha.

»Der Vater von Charlotte Auerbach. Er wohnt bei uns um die Ecke, im Nachbarhaus.«

»Wir haben doch das Foto in der *Vamp* gesehen, erinnerst du dich nicht?« Ich legte Aljoscha die letzte Teigtasche auf den Teller. »Die Beerdigung von Charlottes Mutter. Deshalb war sie doch überhaupt nach München gekommen.«

»Und wie kommt es, dass er jetzt bei euch auf die Kinder aufpasst?«, fragte Aljoscha.

»Klein Anna hat bei den Auerbachs mal die Scheibe eingeschmissen. So haben wir uns kennengelernt.« Christopher philosophierte, wie merkwürdig es sei, jahrelang nebeneinanderzuwohnen, ohne Notiz voneinander zu nehmen, und plötzlich entwickele sich diese Freundschaft zwischen ihm und dem alten Mann. »Vielleicht« – Christopher drehte am Stiel seines Glases – »kann gerade er besonders gut nachempfinden, was es bedeutet, von der Frau verlassen zu werden, die man über alles liebt.«

»Wie meinst du das?«

Er grinste schief. »Am Sonntag ist es zwischen mir und Regula eskaliert. Diese Zürich-Sache, eure bescheuerte Firma. Die Luft war so dick, dass ich wieder mal zu Opa Auerbach geflüchtet bin.« Christopher reckte und streckte sich, als wäre das alles gar nicht so wichtig und müsse nur mal gesagt werden: »Ich sag euch, Jungs, das ist im Moment nicht lustig, was da bei uns passiert.«

Ich überlegte. »Wenn du am Sonntag beim alten Auerbach warst, hast du da zufällig auch Charlotte gesehen?«

Christopher musste einen Moment überlegen. »Ja. Sie war kurz da. Wieso?«

»Wie war sie drauf?«

»Nicht so toll. Da war auch komische Stimmung. Als ich kam, ist sie abgehauen.«

»Um wie viel Uhr war das, so Pi mal Daumen?«

»Du fragst Sachen … Keine Ahnung. Vielleicht so gegen neun? Meinst du etwa, sie hat was mit deinem Mord zu tun?«

»Auf jeden Fall hatte sie eine Stinkwut, als sie am Freitag zum Glossing im Salon war. Und ich glaube nicht, dass sich der Ärger mit Zacharias Rosendräger gelegt hat übers Wochenende. Im Gegenteil. Heute kam in der Produktion ein Brief von Charlotte an, der ganz schön heftig gewesen sein muss. Die Producerin ist beinahe explodiert. Ich nehme an, Charlotte hat gekündigt.« Ich überlegte. »Geht das überhaupt so einfach? Muss man da nicht Konventionalstrafen bezahlen und all diese Dinge?«

Aljoscha stellte krachend die Teller zusammen. Damit war der Abend vorbei, der doch gerade anfing, interessant zu werden.

Später schüttelte Aljoscha wütend sein Kopfkissen auf. Ich konnte ihn fast nicht verstehen mit der Zahnbürste im Mund, aber er sagte so etwas wie: »Probleme liegen oft gar nicht so fern.«

Ich stützte meinen Kopf auf. »Wovon sprichst du?«

Er nahm die Zahnbürste raus. »Du hast manchmal so ein Brett vor dem Kopf! Dein Schwager, deine Schwester – die haben ein Problem. Das sollte dich interessieren, und nicht dieser – Fall.«

»Deshalb musst du doch nicht so sauer sein.«

Aljoscha kam ganz nah, als würde er in meinem Gesicht nach Krankheitssymptomen suchen. »Ich sehe schon«, murmelte er. »Zu spät. Du bist mittendrin.«

9

Am Tag zwei nach dem Mord setzte sich Charlotte in ihrer Garderobe vor den Spiegel und tat, als sei alles in schönster Ordnung. Auf der Ablage stand ein Strauß gelber Narzissen. Überhaupt lächelten alle. Als wäre etwas in Ordnung gekommen, das lange in Unordnung war.

Die Einschaltquote war hochgeschossen von knapp neun auf über fünfzehn Prozent in der werberelevanten Zielgruppe. Von den Vierzehn- bis Neunundvierzigjährigen hatten am Abend fast doppelt so viele eingeschaltet, um »So ist das Leben« zu sehen. Damit hatte niemand gerechnet.

Tina verfasste ein Memo an das »liebe Team« und verkündete offiziell die erfreuliche Quotenentwicklung. Ich sah, dass sie beim Tippen Tränen in den Augen hatte. In einem Nebensatz gedachte sie auch des toten Chefautors. Der Assistent druckte den fünfzeiligen Text auf Grün.

»Wenn Zacharias das noch erlebt hätte«, flüsterte die Chefmaskenbildnerin. Dass sie verheult aussah, war freilich nichts Neues.

Niemand sprach aus, was insgeheim jeder wusste: dass dieser sensationelle Quotenerfolg leider nicht Zacharias' sensationellen Geschichten zu verdanken war, sondern beschämenderweise seinem sensationellen Tod. Schon Stunden vor der »SidL«-Zeit war darüber gestern ausgiebig in den Tratsch- und Nachrichtenmagazinen von Funk und Fernsehen und den Foren im Internet berichtet worden. Und falls es einen Menschen gab, der es immer noch nicht mitbekommen hatte, dann las der es heute in balkengroßen Schlagzeilen auf Seite eins der Boulevardblätter oder stolperte darüber im Vermischten der Tageszeitungen. Zumindest in den Kaffeeküchen und an den Bushaltestellen war die Fernsehserie »So ist das Leben« seit gestern wieder Gesprächsthema. Könnte der Mord an Zacharias am Ende die Zukunft der Serie retten? Lag darin nicht auch ein Motiv?

Rund zweihundert Arbeitsplätze ergaben rund zweihundert Motive. Würde man die Angehörigen als Verdächtige dazuzählen, käme man auf vier- bis sechshundert.

Ich machte mich bei Charlotte mit Haarspray und Glätteisen an die Arbeit und fragte: »Was hast du eigentlich in dem Brief geschrieben, den Tina gestern von dir bekommen hat?«

»Lass gut sein, Tommy. Ich will nicht mehr darüber sprechen. Vergeben und vergessen.«

»Hast ja anscheinend deutliche Worte gefunden. Tina ist mir wegen dir jedenfalls fast an die Gurgel gegangen, so geladen war sie.«

Charlotte klappte ihr Drehbuch zu. »Ich hatte nur ein paar Bedingungen formuliert, die erfüllt sein müssen, damit ich hier vernünftig weiterarbeiten kann.«

»Und jetzt sind sie erfüllt?«

»Mein Versuch, mich mit Zacharias auszusprechen, ist gescheitert. Mehr habe ich dazu nicht zu sagen.«

Das Eisen war zu heiß. Ich war wohl aus Versehen an den

Temperaturregler gekommen. »Also hast du Zacharias kurz vor seinem Tod noch getroffen?«

»Nicht getroffen, Darling – wir haben telefoniert! – Bist du bald fertig? Es ist gleich halb. Ich muss runter.«

»Und die Polizei? Was wollte die?«

»Der junge Mann hat ungefähr die gleichen smarten Fragen gestellt wie du. – Gib mir bitte mein Drehbuch. Ich mag nicht, wenn du dein Zeug darauf abstellst.« Und leise: »Lass uns später reden. Hier haben die Wände Ohren.«

Tatsächlich hatte die Chefmaskenbildnerin beim Rausgehen die Tür nur angelehnt.

Charlotte zupfte hier und da – was ich wichtig finde, so macht sie sich mein Styling zu eigen und wird in ihrer Rolle eins damit – und murmelte: »Wir nehmen uns heute Abend zusammen einen Wagen zurück in die Stadt, einverstanden? Dann erzähle ich dir ein paar interessante Einzelheiten.«

»Geht leider nicht. Ich muss zurück in den Salon.«

Charlotte tippte an den Drehplan, geänderte Fassung. »Hier, Darling, habe ich eine Rauferei mit ›Trixi‹, und danach drehen wir ein gepflegtes Ohr-Gespräch, eine schöne ›Warm-ums-Herz-Szene‹. Da muss ich wieder top gestylt sein.«

»Wie bescheuert ist das denn disponiert?«, rief ich. »Ich habe doch Kunden, die im Salon warten!«

Aber da war niemand mehr, der mir zuhörte.

Neben dem Drehplan hing wieder ein Memo, dieses Mal auf Gelb. »Subject: *Future*-Wochenende«. Was immer das sein sollte.

Ich drückte beim Telefon die Null und wählte. Ich erklärte Aljoscha die Brisanz seiner Aufgabe. Drei meiner

Kundinnen mussten auf einen späteren Termin vertröstet oder einem anderen Stylisten anvertraut werden, vorzugsweise dem Topstylisten, also Dennis. Weder die eine noch die andere Maßnahme durfte von den Damen als Liebesentzug oder Degradierung verstanden werden. Eine diplomatische Herausforderung und für Aljoscha so etwas wie eine Feuertaufe. »Schaffst du das?«, fragte ich. »Wenn nicht, frag Bea. – Hallo?«

»Warte bitte einen Moment«, sagte Aljoscha.

Ich wartete. Er redete mit einem Kunden. Ich hörte das Rauschen der Föhne, die Musik im Hintergrund – ein Klavierkonzert. Das gab es noch nie.

Ob es bei den Memos ein Farbsystem gab, war mir ein Rätsel.

Liebe Schauspielerinnen und Schauspieler, schrieb Tina. *Am kommenden Wochenende erarbeite ich mit den Autoren die neuen Futures. Bitte nutzt die Gelegenheit, und meldet euch heute, Mittwoch, und morgen, Donnerstag, (8./9. April) in den Drehpausen bei mir im Büro, damit ich mit jedem von euch über eure Wünsche/Vorstellungen bezüglich eurer Rollen reden kann. Herzlichen Dank. Tina.*

Keine Pause, kein Innehalten. Tina hielt an allen Terminen fest und machte sogar welche am Wochenende. Ein Zukunftswochenende. Kurios.

»Keine Chance«, hörte ich Aljoscha sagen. Er war wieder dran und fragte: »Und du? Hast du schon eine Spur?«

»Spur wäre übertrieben«, sagte ich. »Aber eine Idee.«

Noch am selben Abend legte ich meine kleinen Notizzettel, die Ergebnisse meiner heutigen Recherche, nacheinander auf dem Tisch ab und dachte für einen Moment an Mutter, wie sie daheim am Spieltisch sitzt und eine Patience legt.

Bea und Aljoscha schoben im Restaurant die Teller beiseite und griffen nach den Zetteln, als wäre es ein Gesellschaftsspiel, das sie mir zuliebe spielten – aber nur noch diese Runde! Müde sahen sie aus, alle beide. War ja auch kein Wunder. Bea hatte den ganzen Tag gefärbt, Aljoscha den Salon gemanagt, während ich heute die meiste Zeit bei Tina auf dem Bürosofa saß.

Bea starrte auf den Zettel. »Was soll das sein?«

»Aussagen der Schauspieler. Was sie sich in der Zukunft für ihre Rolle wünschen.«

Ich schilderte, wie Tina mir dieses *Future*-Wochenende erläutert hatte: »Alle Autoren fahren zusammen in ein schickes Hotel, saufen drei Tage lang und denken sich nebenbei die großen Geschichten von Liebe, Hass und Tod aus, die dann in kleinen Portionen über einen langen Zeitraum Tag für Tag aberzählt werden.«

Und jetzt, zwei Tage vor dem *Future*-Wochenende, forderte Tina die Schauspieler auf, eine Wunschliste abzugeben, auf der stehen sollte, was sie in Zukunft gerne spielen wollen? Ich fand das merkwürdig. Die müssen doch spielen, was man ihnen vorgibt.

Tina hatte gelächelt und gesagt: »Es geht mir dabei um etwas anderes. Wichtig ist, dass die Schauschis unter vier Augen mal alles loswerden – Hoffnungen, Wünsche, Frustrationen. So fühlen sie sich ernst genommen, und das ist gut fürs Klima. Hinterher mache ich dann, was ich will.«

Mein Respekt vor Tinas Führungsqualitäten wuchs mit jedem Tag. Das sagte ich ihr. Und bekam die Erlaubnis, da

»gerne einmal zuzuhören«. Unauffällig hatte ich mir bei Tinas Gesprächen Notizen gemacht, und Bea und Aljoscha versuchten jetzt stirnrunzelnd, sie im Kerzenlicht zu entziffern.

Bea las von ihrem Kärtchen ab: »›Viktoria, Doppelpunkt. Will nicht trauern. Will einen Schönheitswettbewerb gewinnen, ein Findelkind finden und wohltätig werden.‹«

Aljoscha war dran: »›Jan-Joachim. Will einen Pilotenschein, eine Fluggesellschaft und eine Affäre mit einer Stewardess.‹«

Er lehnte sich zurück und sagte: »Das ist ja total durchgeknallt.«

»Ich hatte gehofft, die Einlassungen könnten uns vielleicht irgendwie weiterbringen. Aber ich glaube auch, die Aktion war reine Zeitverschwendung.«

Bea blätterte in den Notizen. »Warum? Ich sehe das anders.«

Ich schob meinen Teller zur Seite.

»Erstens«, sagte sie. »Zacharias war als Chefautor gottgleich – so hat es doch mal jemand ausgedrückt. Das legt den Verdacht nahe, dass der Täter unter den Schauspielern zu finden ist. Darum ist es gar nicht dumm, diese Materialsammlung zu besitzen. Eine Art systematische Bestandsaufnahme.«

»Meinst du?«

»Zweitens. Ihr müsst richtig hinschauen. Hier steht zum Beispiel bei Jan-Joachim: ›Will nicht im Rollstuhl landen.‹ Was bedeutet das? Heißt das…«

»Das hat folgenden Hintergrund: Es gibt von Zacharias eine Rollstuhl-*Future,* die Jan-Joachim nicht spielen will.

Unter keinen Umständen will er an den Rollstuhl gefesselt werden und hofft, dass Tina ihm eine andere Geschichte gibt.«

»Warum will er die Rollstuhl-Geschichte nicht?«

»Er meinte, das sei bocklangweilig. Da müsste er wochen- und monatelang im Rollstuhl sitzen, leiden und könnte eigentlich gar nichts spielen. Aber Zacharias wollte diese Geschichte unbedingt.«

»Da liegt doch ein Motiv.« Bea schaute Aljoscha an, als gelte es, vor allem ihn zu überzeugen. »Wir haben doch alle miteinander keine Ahnung, was es für einen Schauspieler bedeutet, zu einer Geschichte gezwungen zu werden, die ihm verhasst ist. Das wäre, als ob du, Tomas, mich zwingen würdest, beim Blondieren nur noch Yellow zu benutzen. Und warum? Um mich klein zu halten, um mir meine Grenzen zu zeigen. Um mich zu bestrafen, was weiß ich! Es kommt zu einem Streit, die Situation eskaliert – voilà.« Bea sammelte die Zettel zusammen und legte sie ordentlich übereinander. »Doch, Tomas, das ist ein sehr, sehr interessanter Fundus. Ein Anfang, immerhin. Mehr allerdings nicht. Also eigentlich ganz schön wenig. Fast nichts – könnte man auch sagen.«

Ich seufzte. »Hat sich die Kommissarin gemeldet?«

Anscheinend nicht.

Ich könnte sie anrufen. Ich hätte Klatsch und Tratsch und eine verhasste Rollstuhl-*Future* zu bieten, sie vielleicht ein paar Fakten. Und zusammengenommen ergäbe das dann...

Da war noch etwas. Tinas Assistent hatte mir hinter vorgehaltener Hand zuerst davon erzählt. Später, im Auto, dann auch Charlotte. Die Inhalte deckten sich weitgehend:

Eine handfeste, primitive Schreierei hinter geschlossenen Türen nach Drehschluss musste es gewesen sein, so laut, dass der Assistent im Vorzimmer und Charlotte, auf dem Weg in den Feierabend, davon mitbekommen hatten. Es ging um »diese Amerikanerin«, wie Zacharias gesagt hatte. Lieber heute als morgen wollte er sie aus der Serie schreiben. Als Person sei sie eine Diva, und als Figur – ohne Resonanz bei der Einschaltquote – wertlos. Und dann noch ihre Hollywood-Privilegien – damit war ich gemeint – und ihre viel zu hohe Gage, die ein tiefes Loch ins »SidL«-Budget rissen und bewirkten, dass Zacharias bei den Gastrollen sparen musste. Tina dagegen wollte an Charlotte festhalten, sie in den Geschichten als festen Dreh- und Angelpunkt etablieren und der Entwicklung ihrer Figur Zeit geben. Nerven behalten, war ihre Devise. Der Schreierei nach zu urteilen hatten Producerin und Chefautor zu keiner Einigung finden können.

»Eines kapiere ich einfach nicht«, fing ich noch einmal an und pickte ein Stück Salat von Aljoschas Teller. »Warum hat Tina sich ständig von ihrem Chefautor reinquatschen lassen? Sogar bei den Komparsen hat sie ihn um Erlaubnis gefragt. Der Mann erfindet Rollstuhl-Geschichten, die keiner haben will. Ist gegen das Konzept mit Charlotte als Hauptfigur. Warum hat sie ihn nicht einfach gefeuert oder ihm wenigstens gesagt, er soll das Maul halten?«

»Ganz einfach«, sagte Bea. »Sie war emotional abhängig.«

»Du meinst...«

»Tina und Zacharias waren ein Paar. Ist doch sonnenklar.«

Ich erinnerte mich: Nach der Feier an Charlottes erstem Drehtag, Tina allein in ihrem Büro. Sie war von der Kritik der Schauspieler gekränkt gewesen. Nur Zacharias, hatte sie behauptet, könne sie vertrauen.

Die Producerin und der Chefautor – ein Paar. Aber warum war diese Beziehung – über den Tod hinaus – solch ein Geheimnis? Was war geschehen zwischen dem Streit am Freitagabend und dem Mord achtundvierzig Stunden später?

Klatsch und Tratsch.

Ich wollte Tina fragen, ganz direkt, aber nicht bei ihr am Schreibtisch, als eine von vielen Anfragen und abgehakt mit einem Memo-Text. Der Moment musste emotional sein. Zum Beispiel, wenn es hieß, endgültig Abschied zu nehmen.

Die Beerdigung war für Freitag, den siebzehnten April, zwölf Uhr angesetzt. Als ob es sich um eine Stehparty handeln würde, rief die Kriminalkommissarin Annette Glaser mich am Abend vorher an und fragte: »Gehen Sie eigentlich auch hin? Dann hole ich Sie ab.«

10

Zuerst fiel mir auf, wie schlimm es am Empfang aussah. Oben, auf der Ablage, lagen Zettel und Zeitschriften, unten CD-Hüllen zwischen Rechnungsquittungen. Und überhaupt: Müssen Kugelschreiber immer und überall dutzendweise herumfliegen? Ich erklärte Aljoscha die Sache mit dem ersten Eindruck. Dass der Kunde beim Reinkommen sehen muss, dass eine gewisse Ordnung herrscht. Und wo ich schon mal dabei war, erläuterte ich auch gleich das Ding mit der Effizienz. Kitty war darin eine Meisterin. Sie hakt die Kunden im Terminkalender ab, sobald sie reinkommen, und ist immer im Bilde, was bei wem gemacht wird. Das steht dann auf der Rechnung, die schon fertig vorbereitet daliegt, wenn es ans Bezahlen geht. Und nebenbei kümmert sich Kitty darum, wer Kaffee, Tee, Wasser wünscht, und verwöhnt die Kunden mit diesen kleinen Aufmerksamkeiten, und wenn es nur die kitzelnden Härchen sind, die sie rasch mal mit dem Schwämmchen aus dem Nacken wischt. Klar, ein Job im Frisörsalon erfordert mehr Einsatz und Umsicht als einer, bei dem man den ganzen Tag hübsch in einer Galerie am gläsernen Tisch sitzt.

»Hast du nicht gesagt, du wolltest Regula mal anrufen?«, fragte Aljoscha.

Ich nahm mir eine Reiswaffel und schaute auf die Uhr.

Zwanzig Minuten noch, bis Annette Glaser kommt, das würde sogar reichen.

»Aber geh bitte rauf in die Wohnung«, sagte Aljoscha. »Oder runter ins Büro.«

Regula hob ab, als ich schon dabei war, auf den Anrufbeantworter zu sprechen. Sie kam sofort zum Wesentlichen: »Christopher war bei euch. Ich nehme an, du bist im Bild.«

Vorsichtig fragte ich: »Was meinst du?«

»Kannst du mir mal verraten, was so schlimm an Zürich ist? Christopher ist überzeugt, es sei das Grauen, und es gibt nichts, womit ich ihn vom Gegenteil überzeugen könnte. Wenn ich sagen würde: Wir gehen nach Moskau – entschuldige –, dann könnte ich ihn ja noch verstehen.«

»Er hat immer in München gelebt, hier hat er alle seine Freunde.«

»Freunde findet man auch in Zürich, genauso wie die Berge. Davon sind mittlerweile sogar die Kinder überzeugt. Und ist es denn zu viel verlangt, sich einmal in meine Lage zu versetzen? Zu überlegen, was Zürich für mich bedeutet? Wir sprechen ja schließlich nicht über irgendeinen Lumpenhandel. Die Kleiderfabrik hat Papa aufgebaut. Ich versuche doch nur, unser Erbe zu bewahren.«

»Ich hoffe, du übernimmst dich nicht.«

»Wie?«

»Es ist ja nicht nur Zürich. Was ist mit Tschechien? Serbien muss endlich geprüft werden und – ganz dringend – die Sportkollektion. Ich sage schon seit Jahren: Weg damit. Dann die Bonbonfabrik in der Altmark.«

»Weg damit.«

Ich lachte. »An deiner Stelle würde ich es mir dreimal

überlegen, ob ich Mamas Lieblingsspielzeug verscherbele. Sie liebt diesen Laden. Und solange die Verluste uns durch die Abschreibungen nichts tun, würde ich dir raten: Lass Mama die bunten Drops, dann ist sie beschäftigt und quatscht dir nicht bei allem und jedem rein.«

»Nicht dumm.«

»Du musst strategisch denken. – Aber sag mal: Hast du schon mal daran gedacht, dass dir das Ganze auch über den Kopf wachsen könnte? Dass dir die Schuhe vielleicht ein bisschen zu groß sind?«

»Mach dir um meine Schuhe keine Sorgen. Bitte, Tomas, es reicht jetzt. Ich weiß, was ich zu tun habe: vorangehen, wie ich es immer getan habe. Danke, dass du mich daran erinnert hast. Ich melde mich.«

Die Kriminalkommissarin wartete bereits unten im Auto. Ich ließ mich auf den Beifahrersitz fallen und fragte: »Haben Sie eigentlich auch Geschwister?«

Wir waren spät dran, im Stop-and-go an Schrannenhalle und Viktualienmarkt vorbei und jetzt mit achtzig Sachen auf dem Ring unterwegs. Annette Glaser war am Telefonieren. Als wir beim Haus der Kunst scharf in die Von-der-Tann-Straße bogen, kam schon wieder ein Anruf. Mit dem Stöpsel der Freisprechanlage im Ohr sagte Frau Glaser folgende Worte: »Ja? – Auf dem Weg. – Nein. – Wo? – Fünfunddreißig Minuten.«

Höflich bot ich an, wenn sie zu einem Termin gerufen würde, könnte ich die Fahrt auch mit dem Taxi fortsetzen. Ich hatte allerdings nicht damit gerechnet, dass ich so schnell auf der Straße stehen würde und gebückt die Kommissarin nur noch fragen konnte: »Und mein Verhör?«

»Wie?«

»Wir haben noch gar nicht über den Mord an Zacharias Rosendräger gesprochen! Haben Sie schon eine Spur?«

»Ich rufe Sie an.«

Ich hatte darauf spekuliert, dass Annette Glaser mich an dem einen oder anderen Ergebnis ihrer Ermittlungen teilhaben lassen würde. Zum Beispiel, ob und mit wem Zacharias Rosendräger an jenem Sonntag telefoniert hatte. Ich winkte mir ein Taxi heran.

Als ich auf dem Friedhof ankam, war ich fast eine Stunde zu spät und die Trauerfeier gelaufen. Der Mann von der Verwaltung erklärte mir, wo die Beisetzung stattgefunden hatte. Von den Menschen, die mir entgegenkamen, kannte ich keinen.

An Zacharias' offenem Grab stand nur noch eine Person, vielleicht ein Verwandter, ein Sohn. In Jeans und Lederjacke erwies er dem Toten die letzte Ehre. Ich wollte in diesem Moment nicht stören.

Das Gesicht konnte ich erst sehen, als er die Tasche öffnete, die er sich umgehängt hatte. Es war der Komparse, Lukas Schmidt-Denninger, Neffe des verstorbenen Beyerle.

Er zerknüllte ein Blatt Papier und formte es zu einer Kugel, als wäre es eine Handvoll Schnee. Wie ein Baseballspieler winkelte er ein Bein an, holte aus und warf den Papierball mit so viel Kraft in die Grube, als gelte es, den Toten da drinnen in der Kiste mindestens zum Zittern zu bringen. Ein paar Sekunden stand er reglos, dann zog er den Riemen seiner Tasche zurecht.

Rasch machte ich einen Schritt hinter einen Baum. Er kam mir sehr zufrieden vor, als er an mir vorüberging.

Eine Minute wartete ich.

Mit mir traten vier Männer, die Totengräber, ans Grab.

»Entschuldigung«, sagte ich. »Wäre es möglich... In zehn Minuten?«

Sie legten ihre Schaufeln ab, als hätte Lukas sie auch schon um diesen Gefallen gebeten. Ich sah noch, wie einer von ihnen in der Brusttasche nach Zigaretten nestelte.

Die Grube war tiefer, als ich gedacht hatte. Ein Blumengebinde lag auf dem Sargdeckel, verstreut hingen einzelne Blumenstiele darin, überwiegend Rosen, letzte Grüße der Trauergäste, unter denen wahrscheinlich auch Tina Schmale gewesen war. Und da, gebettet auf Schleierkraut, ruhte die Papierkugel. Vielleicht war es ein Abschiedsbrief. Wohl eher eine Abrechnung. Auf jeden Fall ein Indiz.

Ich überlegte, ob ich die Totengräber zurückholen und bitten sollte, mir das Papierknäuel herauszuholen. Und wenn sie nein sagten?

Ich nahm mir eine von den Schaufeln. Wenn ich mich hinkniete, dürfte es eigentlich kein Problem sein.

War es aber. Das Problem bestand nicht etwa darin, an den Papierball heranzukommen. Die Schwierigkeit war, ihn auf das Schaufelblatt zu bekommen, ohne dass er bei dem Manöver wegrutschte.

Ich legte mich auf den Bauch, kam mit dem Schaufelblatt unter die Kugel. Ich schnippte das federleichte Ding einfach hoch und fing es auf.

»Das Hemd kannst du, glaube ich, in die Wäsche schmeißen«, sagte eine Stimme hinter mir.

So heftig erschrak ich, dass mir die Schaufel ins Grab rutschte und dumpf auf den Sarg fiel.

Dass Tina Schmale noch so spät bei der Beerdigung von Zacharias Rosendräger aufschlagen würde, hätte ich nicht gedacht.

11

Es hatte etwas Schlafwandlerisches, wie wir zwischen Fußbällen und unter Frisbeescheiben hindurchspazierten, während Radfahrer um uns herum Hindernisrennen veranstalteten und Kinder auf kurzen Beinen von rechts nach links und zurücksausten, begeistert über jeden Kieselstein, jeden Grashalm. Wir waren vom Friedhof in den Englischen Garten gegangen. Tina erzählte von sich und Zacharias Rosendräger und dem Film, den sie mit ihm laufen hatte.

Tina hatte viel von Zacharias gelernt, zum Beispiel den Satz: »Sofort reinspringen in die Szene.« Das war bei der Daily Soap »Mitten ins Herz« gewesen, wo sie ihr erstes Praktikum machte und Zacharias kennenlernte. Nach der Serie »Mitten ins Herz« kam »Verrückt vor Glück«. Beim Erfinden der Geschichten waren Tina und Zacharias albern und kicherten oft, oder sie hatten Tränen in den Augen an den Stellen, wo später Millionen Menschen lachen und weinen würden. Tina und Zacharias stritten und diskutierten – über Cliffs und *Futures*, über zu langsames und zu schnelles Erzählen und die Glaubensfrage: Treibt der Plot oder der Charakter die Geschichte voran? Tina war Herrscherin in einem Kosmos, in dem sie und die anderen Autoren alles bestimmten und alles möglich war. Diese Erfahrung verband sie mit Zacharias. Doch die beiden entwickelten sich in verschiedene Richtungen. Die Differenzen kamen bei »So ist das Leben« zum Vorschein.

Zacharias klebte an den immer gleichen Erzählmustern. Das filmische Element, die stumme Szene, und davon viele hintereinandergeschnitten, fand Tina hochemotional, Zacharias – öde. Den Fokus auf nur eine oder wenige Hauptfiguren zu lenken eröffne neue Möglichkeiten, fand Tina. Zacharias sagte: Zu riskant und kontraproduktiv. Tina kam der Verdacht, dass Zacharias, der Starautor, ein Mythos war.

Ich fragte: »Was war das für ein Streit zwischen dir und Zacharias am Freitagabend, zwei Tage vor seinem Tod?«

»Eine Grundsatzdiskussion wegen Charlotte und der miesen Einschaltquoten. Ein hässlicher Streit. Da wurde mir plötzlich klar, dass unsere enge Beziehung gar nicht mehr existiert. Jetzt wäre der Moment gewesen, den Schlussstrich zu ziehen. Aber das war nicht so einfach. Ich hatte ihm doch so viel zu verdanken!«

Stattdessen regte Tina an, er solle sich eine Auszeit nehmen, mal wegfahren, ausspannen. Aber Zacharias wollte nicht. Vielleicht schreckte ihn die Aussicht auf Freizeit, auf das Leben da draußen. Sein Leben fand in der täglichen Serie statt, hier bekam er die Nähe und Wärme einer Familie, und daneben ein eigenes Leben zu führen, hatte er versäumt. Warum auch? Er hatte ja nie etwas vermisst. Vielleicht durchschaute Zacharias aber auch ihren Versuch, ihn mit diesem Vorschlag feige aus der Serie zu drängen. »Weißt du was?«, hatte er gesagt. »Such dir doch einen anderen Chefautor!« Das sei der letzte Satz gewesen, sagte Tina, den sie von Zacharias gehört hatte.

Wir waren im Biergarten am ›Seehaus‹ angekommen und leider nicht die Einzigen. Was München an Cabriolets und Sonnenbrillen zu bieten hatte, war hier versammelt. Mein ohnehin schmutziges Hemd war verschwitzt, im Gesicht brannte die Sonne, noch stärker aber die Blase an der Ferse, die ich mir in meinen neuen Lederschuhen geholt hatte. Wir waren fast eineinhalb Stunden gelaufen.

»Habt ihr miteinander geschlafen?«, fragte ich, als ich die Humpen abstellte und neben sie auf die Bierbank rutschte.

Tina machte eine Bewegung mit dem Kopf, als würde ich sie an etwas Lästiges erinnern. »Das war schon lange vorbei.«

Ich wurde den Verdacht nicht los, dass sie mir eine stark vereinfachte Fassung der Ereignisse geliefert hatte.

Ich überlegte. Vielleicht funktionierte die Beziehung zwischen Producerin und Chefautor so: Ab und zu ließ Tina Dampf ab, Zacharias schmollte, und dann herrschte erst einmal wieder die Ruhe, in der Zacharias, wie gewohnt, Drehbücher bearbeitete, am Wochenende und im Büro. Das wäre lange so weitergegangen.

Doch dann passierte etwas Unvorhergesehenes: Charlotte stellte Tina vor die Wahl: Zacharias oder ich. Plötzlich bestand Handlungsbedarf.

Vielleicht fuhr Tina am Sonntagabend in die Produktion, um mit Zacharias zu sprechen, aber es blieb nicht bei bösen Worten und leeren Drohungen. Es kam zu einer Rangelei, bei der Zacharias sich das Genick brach.

Wenn ich Tina mit dieser Theorie konfrontierte, würde sie vielleicht aufspringen, mir Bier ins Gesicht schütten und mich anschreien. Bei »So ist das Leben« im Außendreh ›Biergarten‹ wäre das so.

»Ich weiß, was du denkst«, sagte Tina plötzlich. »Aber ich war es nicht. Ich habe nichts mit seinem Tod zu tun. – Aber jetzt mal andersherum.« Sie tippte mit dem Finger vor mir auf das Holz. »Was hast du am Grab von Zacharias gemacht?«

Ich zog das zerknüllte Stück Papier aus der Hosentasche. »Das hat Lukas dem Toten ins Grab geschmissen.«

Sofort wollte Tina mir das Knäuel wegnehmen.

Ich nahm einen Schluck aus meinem Bierglas, wickelte das Papier in aller Ruhe auseinander und strich es glatt.

Kein Brief, kein Geständnis. Es war eine Seite aus einem Drehbuch, eine Partyszene aus »So ist das Leben«, Folge 5048. Lukas nahm Abschied vom Chefautor mit irgendeiner Szene?

»Skurril«, sagte Tina.

Mit dem Daumennagel zeichnete sie die Maserung im Holz nach. Ich sah nicht ihr Gesicht, nur ihren Scheitel, als sie fragte: »Hast du schon mal überlegt, wie es kommt, dass Zacharias ausgerechnet von der Galerie gefallen ist? Was hat er am Sonntagabend im Studio da oben auf der Baustelle eigentlich gemacht?« Sie schob die Ellenbogen ein wenig über den Tisch, als ob sie damit näher an mich heranrücken wollte. Vielleicht hatte sie einen Verdacht und überlegte jetzt, ob sie sich mir anvertrauen sollte. Auf einen Moment wie diesen hatte ich gehofft.

»Hast du eine Idee?«, fragte ich.

Tina sah auf ihre Armbanduhr und sagte erschrocken: »Ich muss jetzt wirklich los!«

12

In Charlottes Garderobe standen, wie immer montags, frische Blumen. Ich stellte die Vase mit den Hyazinthen weg. Um neun Uhr morgens war mir der Duft zu viel.

Auf der Ablage vor dem Spiegel stapelten sich die alten, zerfledderten Drehbücher. Ich brauchte Platz für mein Etui mit Kamm und Schere, den Haarfestiger und das Haarspray und wollte nicht die Szene verpassen, die in diesem Moment unten im Studio gedreht und über den Studiokanal übertragen wurde. Es war die Szene, die Lukas dem Chefautor ins Grab nachgeworfen hatte.

GLORIA UND MAX HALTEN EIN GLAS MIT EINEM ALKOHOLISCHEN GETRÄNK IN DER HAND. IM HINTERGRUND SIND PARTYGÄSTE ZU SEHEN.

GLORIA (vertraulich):

Können Sie sich vorstellen, dass Trixi ein Foto von unserem Vater zerrissen und einfach in den Müll geworfen hat?

MAX (scheinheilig):

Das hat sie getan?

GLORIA (besorgt):

Und als ich sie zur Rede stellte, hat sie behauptet, sie

hätte nichts damit zu tun. Ich verstehe meine Schwester nicht. Ich komme einfach nicht mehr an sie heran.
MAX SCHÜTTELT SCHEINBAR MITFÜHLEND DEN KOPF.

Ich kannte die Szene auswendig. Mit Bea und Aljoscha war ich auf dem Papier Satz für Satz, Wort für Wort durchgegangen.

Wir hatten gehofft, etwas zu finden, eine verschlüsselte Botschaft, eine Erklärung, warum Lukas dem ermordeten Chefautor dieses Stück Papier mit dieser Szene hinterherwirft. Was war das gewesen – Hass? Verachtung?

GLORIA (erleichtert):
Es tut so gut, Max, mit Ihnen zu reden. Und was Sie alles fur Trixi tun. Mit dem Job hier in Ihrer neuen Agentur hat sie endlich eine Perspektive.
MAX (gefühlvoll):
Wollen wir nicht ›du‹ sagen? Ich bin Max.
GLORIA (haucht):
Gloria.
MAX SCHAUT GLORIA TIEF IN DIE AUGEN. GLORIA HÄLT SEINEM BLICK STAND. SIE SCHEINT WIE VERZAUBERT. IHRE GESICHTER NÄHERN SICH EINANDER AN …
EIN ANGESTELLTER:
Der Sekt ist aus. Haben wir irgendwo noch was?
MAX (verärgert):
Dahinten.
GLORIA NUTZT DIE GELEGENHEIT UND ENT-

ZIEHT SICH VERWIRRT. MAX SCHAUT IHR UNDURCHDRINGLICH HINTERHER.

Die Lautsprecherdurchsage: »Fünfzehn Minuten für den Kostümwechsel, dann weiter mit der Fünftausendachtundvierzig, Bild sieben. Charlotte und Viktoria, Studio zwo.«

Zum ersten Mal hatte der Komparse Lukas bei »So ist das Leben« einen Satz vor laufender Kamera gesprochen. Er spielte den Angestellten. Er hatte sogar zwei Sätze gesprochen: »Der Sekt ist aus. Haben wir irgendwo noch was?« Ich stellte den Studiokanal stumm. Eigentlich haben Komparsen doch keinen Text.

»Setz dich«, sagte ich, als Charlotte in die Garderobe zurückkam. Für die nächste Szene, eine nächtliche Schlaflos-Szene, wollte ich ihr einen stylishen Out-of-bed-Look kreieren. Das musste jetzt schnell gehen.

Aber Charlotte suchte etwas. »Hast du mein Drehbuch verkramt, Tommy? Hier liegt nur das ganze alte Zeug.«

»Nein. Lass uns anfangen.«

Während ich das Haar mit den Fingern aufzupfte, kam Lukas lautlos herein und brachte Charlotte einen Imbiss, schob dabei mein Etui auf der Ablage beiseite, so dass es fast heruntergefallen wäre, damit er den Teller in Charlottes Reichweite platzieren konnte. Die Kostümabteilung hatte ihm für seinen kleinen Auftritt ein enges T-Shirt verpasst, und jetzt begriff ich, warum er heute Morgen schon wie verrückt Liegestütze und Klimmzüge gemacht hatte.

»Wie war ich?«, fragte Lukas.

»Sugar, du warst toll!«, sagte Charlotte. »Mein Drehbuch liegt, glaube ich, in der Deko ›Wohnzimmer‹ unterm Sofakissen. Kann aber auch sein, dass es noch in der ›Praxis/Wartezimmer‹ im Zeitungsständer steckt. Wenn du schnell bist, könnte ich noch rasch einen Blick hineinwerfen.«

Lukas war wieder draußen.

Ich arbeitete mit dem Glätteisen, und Charlotte drehte den Kopf zur Seite. Versonnen belächelte sie die Blumen, die sich mir, selbst dort am Fenster, mit ihrem Geruch fast körperlich aufdrängten.

»Sind die nicht wieder wunderbar?«, fragte Charlotte und sagte: »Den Lukas hätte ich, an deiner Stelle, nicht wieder laufen lassen.«

»Die Blumen sind von Lukas?« Mit etwas Druck zwang ich Charlotte, wieder geradeaus in den Spiegel zu gucken. »Interessant. Und nur nebenbei: Ich habe ihn nicht ›laufen lassen‹. Im Gegenteil…«

»Du musst nichts sagen. Ich kenne das.«

Bevor ich etwas erwidern konnte, schaute Charlotte über ihre Schulter. Da stand die Frau von der Kostümabteilung und hauchte: »Was meinst du – ist dieser okay? Ich finde, dieses lichte Blau passt so gut zu deinen Augen.« Sie hielt Charlotte einen seidenen Bademantel ans Gesicht.

»Danke.« Charlotte nahm das Ding und ging gepflegt zerzaust zur Tür hinaus, wo Lukas ihr, ein wenig atemlos, das Drehbuch übergab.

Ich zog den Stecker.

Für Charlotte rannte er, um zu holen, was irgendwo liegengeblieben war, brachte ihr Blumen und spielte den Kavalier. Aber mir ging Lukas aus dem Weg. Eigentlich von Anfang an. Dabei war es ihm doch erst durch mich und das Vortäuschen einer Freundschaft gelungen, sich bei der Serie einzuschleichen. Und nach kaum drei Monaten hatte er es bereits von einer stummen Statisten- zu einer winzigen Sprechrolle geschafft. Zielstrebig, der Mann.

Auf dem Stapel mit dem »alten Zeug« lag obenauf ein Drehbuch. Auf dem Deckblatt stand: ›So ist das Leben. Block 1009. Drehzeit: 20.–24. April.‹ Und ganz klein, unten, zentriert: ›Fassung vom 6. März.‹ Da hatte der Chefautor noch gelebt.

Das waren exakt die Folgen, die in dieser Woche gedreht wurden. Aber diese Fassung aus Zacharias' Zeiten war nicht mehr aktuell. Es hatte Änderungen gegeben. Tina hatte also bestimmt, dass Szenen umgeschrieben werden sollten. So etwas kam vor, wenn jemand, zum Beispiel die Redakteure im Sender, gemeckert oder die Producerin selbst Änderungswünsche hatte. Vielleicht wäre es interessant, diese alte Fassung einmal mit der neuen zu vergleichen, die gerade gedreht worden ist, insbesondere die Szene, in der Lukas den Angestellten spielt.

»Die Drehbücher sind vertraulich zu behandeln«, stand da. Und: »Eine Zuwiderhandlung wird als Vertragsbruch geahndet und kann zur fristlosen Kündigung führen.«

Ich ließ das Drehbuch in meiner Tasche verschwinden.

»Warst du das?« Viktoria stand in der Tür. Ihre Stimme zitterte. »Hast du auch seinen Pullover eingesteckt?«

Sie trug einen Pyjama, das Kostüm für ihre Szene mit Charlotte, und einen Teddybär im Arm. Ich hielt das Stofftier mit dem hellen Bauch und den hellen Tatzen zuerst für eine hübsche, wenn auch etwas kindische Requisite. Dass ich den Bär an mich nehmen wollte, war ein Reflex, weil Viktoria ihn mir so anklagend entgegenstreckte. Doch bevor es dazu kommen konnte, presste sie den Teddy wieder an sich. »Rück ihn sofort raus!«

»Wen?«

»Bärchens Pullover! Tu nicht so! Wo hast du ihn versteckt?«

Ich lachte. »Das ist nicht dein Ernst, oder?« Jemand hatte sich anscheinend einen Scherz mit ihr und ihrem Maskottchen erlaubt. Was für ein Kindergarten.

Ich war schon auf dem Weg zu Tina ins Büro, da kam die Durchsage: »Eine Extra-Einladung: Auch Madame aus Schlaipfering möchte sich jetzt bitte ins Studio zwei bemühen.«

Tina saß an ihrem Schreibtisch und sagte: »Ich will keine Klitsche. Ich will eine Luxusboutique!«

Der Mann, der ihr gegenübersaß, raffte die Fotos zusammen. Tina, das spürte ich, war ziemlich geladen.

Behutsam schloss ich hinter dem Mann die Tür und sagte: »Ich wollte mit dir noch einmal über Zacharias sprechen und darüber, was er an jenem Sonntagabend da oben auf der Galerie gemacht haben könnte. Mir kam es vor, als hättest du eine Idee gehabt.«

»Idee?« Tina schaute hoch. »Was für eine Idee?«

»Einen Verdacht.«

Tina starrte vor sich hin. Ich dachte, sie versuche sich zu erinnern. Aber sie starrte bloß in den Fernseher. Im Studiokanal waren immer noch Charlotte und Viktoria zu sehen, beide ›Out-of-bed‹ mit einem Becher in der Hand, einem Heißgetränk, wie man hier sagte.

»Warum Narzissen?«, fragte Tina. Dann schrie sie in den

Hörer: »Habt ihr sie noch alle? Ausstrahlung ist Anfang Juni!« Sie legte auf und fragte zerstreut: »Wo waren wir?«

»Bei unserem Gespräch am ›Seehaus‹.«

Der Assistent kam herein. »Entschuldigung. Hast du schon in die *Futures* geguckt?«

Tina griff nach einem Skript.

»Keine Taktung! Die haben keine Taktung gemacht!«

Die Frage war nun, ob die Autoren »gehirnamputiert« seien und ob man die Besprechung mit der Redaktion verschieben müsse. Ja und ja.

Tina presste ihre Finger an die Schläfen und schloss die Augen. Der Assistent machte die Tür hinter sich zu.

Ein letzter Versuch: »Hättest du Lust, heute Abend mit mir essen zu gehen, ganz in Ruhe?«

Tina seufzte. »Sehr gerne, Tommy.«

»Prima. Dann lass uns doch …«

»Dummerweise bin ich schon mit der Kommissarin verabredet, mit dieser Frau Glaser.«

Ich gab auf.

Ich hatte die Klinke in der Hand, war aber noch nicht draußen, da sagte Tina: »Ich frage mich die ganze Zeit, was Viktoria …« – sie wartete, bis ich die Tür wieder zugemacht hatte –, »was Viktoria wohl mit der Sache zu tun hat. Sie hatte am Montag eine schwierige Szene vor sich. Ich weiß, dass sie die Sache am Wochenende unbedingt mit Zacharias durchsprechen wollte.«

»Ist dafür nicht der Schauspielcoach zuständig?«

»Am Wochenende?« Tina lachte kurz. »Nein. Viktoria hielt sich bei solchen Fragen immer lieber an Zacharias. Seit Tagen lag sie ihm wegen einer Probe in den Ohren.«

»Du meinst – eine Probe im Studio? Auf der Galerie? Möglicherweise am Sonntagabend?«

Tina zuckte mit den Schultern. »Das muss aber unter uns bleiben«, sagte sie. »Oder glaubst du, es ist besser, wenn ich Frau Glaser davon erzähle?« Sie schaute mich an, als ob diese Frage ernsthaft das größte Problem wäre.

Als ich den Wohnungsschlüssel ins Schloss steckte, schlug die Kirchturmuhr achtmal. Die »SidL«-Zeit war vorbei, gut möglich, dass wieder drei Millionen Menschen geguckt hatten.

Hier, bei mir in der Wohnung, brabbelte kein Fernseher, und es rockten auch keine Russen. Für die Stille war ich dankbar. Die Matte aus Lammfell lag ausgerollt auf dem Parkett. Ich roch Zwiebeln und Knoblauch. »Aljoscha?«, rief ich. Keine Antwort. Dann war er wohl frische Luft schnappen gegangen.

Ich warf meine Tüte auf den Esstisch, und das Drehbuch rutschte heraus. Das Ding hatte ich fast schon vergessen.

Wenn mir Lukas Schmidt-Denninger, Tina Schmale, Viktoria Peichl – dieses ganze Pack: Wenn sie mir ihre Geständnisse doch auch einmal so um die Ohren hauen würden, wie es meine Kundinnen im Salon tun. Was ich allein heute Nachmittag zu hören bekommen hatte.

Ich landete rückwärts auf dem Sofa, meine Schuhe krachend irgendwo.

Theadora, zum Beispiel. Sie war bloß zum Spitzenschneiden gekommen. Fünfzehn Minuten, tiefe Seufzer eingeschlossen, reichten völlig, um zu berichten, dass ihr japanischer Ehemann, ein echter *global player,* in diesem Jahr so selten für Sex zur Verfügung gestanden hatte, dass Theadora es an einer Hand abzählen könne, und da sei Silvester-Neujahr schon mit drin.

Es muss mit der Intimität zu tun haben, die entsteht, wenn ich mit den Händen das Haar befühle, ein Ohrläppchen streife, die Schläfe berühre oder den Nacken.

Vera, bei der wir mit den Strähnen seit ihrer Scheidung von Mittelblond nach Lichtgoldblond gegangen waren, hatte ein anderes Problem. Sie bekannte, ihre Schwiegertochter gegen den eigenen Sohn aufzuhetzen. »Ich kann nicht anders«, schrie sie. »Er wird seinem Vater von Tag zu Tag ähnlicher.«

Es hat bestimmt auch mit dem Blick in den Spiegel zu tun, der nie kritisch ist, immer prüfend und oft verstehend. Und dazu das leise Geklapper der Schere, die mit ihrem archaischen Sound die Gesprächspause füllt.

Lissy, chronisch knapp bei Kasse, hatte ich eben noch einen Gratisschnitt verpasst und dabei erfahren, dass sie Dates via Internet – Lissy nannte sie »Candle-Light-Dinner« – nur noch anbahne, um sich von Zeit zu Zeit zu einer warmen Mahlzeit zu verhelfen. »Meinst du, das ist eine Form von Prostitution?«, fragte sie.

Ich hatte sie beruhigt. »Nein, Lissy. Nur eine Form von Pragmatismus.«

Ich drehte im Badezimmer die Wasserhähne bis zum Anschlag auf und entschied mich für den Vanille-Mandel-Koffein-Badezusatz aus meiner Pflegeserie, der im Weihnachtsgeschäft ein echter Renner war. Das Drehbuch legte ich zum Lesen auf den Rand. Ich zog Hemd und Hose aus, als mir der Rest Crémant im Kühlschrank einfiel.

Ich hörte die Stimmen in dem Moment, als ich mich fragte, warum die Küchentür zu war. Da ging sie auf.

»Er ist es«, sagte Aljoscha und fragte: »Hast du Hunger?«

Auf dem Tisch stand eine Flasche Wodka.

Christopher nahm seine Füße vom Stuhl. »Noch ist etwas Pasta da.«

»Aber zieh dir doch etwas über«, meinte Stephan und drückte seinen Zigarillo aus.

Ich ging zurück und drehte die Wasserhähne wieder zu.

Ratlosigkeit und Mitgefühl waren fast greifbar in dem Dunst aus Zigarillo und Zwiebel, Knoblauch und Tomate. Niemand konnte verstehen, was in Regula gefahren war. Es war doch alles so perfekt: München-Schwabing, die Kinder, der Frisör-Onkel, Opa Auerbach – das alles wollte diese Frau aufgeben wegen einer Firma, die sie romantisch verklärte, und ein paar Kleiderfabriken, die auch ohne ihr Zutun Gewinn abwarfen. Ich hatte ein schlechtes Gewissen, weil sich, dank meiner Telefoninitiative, Christophers Problem mit Regula weiter zugespitzt hatte.

»Tut mir leid«, sagte ich zu ihm, als ich mit der Gabel nach Nudeln mit Soße stocherte. »Das ist irgendwie total in die falsche Richtung gelaufen, meine Diskussion mit Regula.«

Christopher rauchte. Aljoscha verteilte den Wodka auf die Gläser.

Ich fand es gut, dass Stephan als Außenstehender den Fall analysierte. Immerhin war es ihm ja mit der Sause nach Neuseeland gelungen, seine Beziehung zu retten, für die ich keinen Pfifferling mehr gegeben hätte.

Er behauptete, wir Männer seien viel zu nett und Christopher sei dafür das beste Beispiel. Einfallsreich war er, nicht nur, wenn es darum ging, das eine oder andere Geschäft im Internet anzubahnen. Auch ungemein praktisch veranlagt: bügelte Regulas Blusen und reparierte Jonas' Schaufelbagger. Und dass ihm bald ein kleiner Bauch über den Gürtel hängen würde, mein Gott, das waren Äußerlichkeiten, wie übrigens auch die hohe Stirn, und da sagen viele, so etwas sei sexy.

Stephans Lösungsvorschlag, einfach mal ordentlich auf den Tisch zu hauen, fand zwar große Zustimmung, passte auch irgendwie zu Wodka, Zigarillo und Tom Waits, der da herumgrölte, seit die zweite Flasche auf den Tisch gekommen war. Aber von einem Anwalt, der nicht mal hier seine Krawatte ablegte, hätte man auch mehr erwarten können.

»Versteh einer die Weiber«, beendete Stephan sein Plädoyer und zündete sich einen neuen Zigarillo an.

Christopher legte Aljoscha eine Hand auf die Schulter. »Sei froh, dass du mit Tomas nicht diese Probleme hast. Weißt du, bei Regula müssen alle nach ihrer Pfeife tanzen. Tomas ist da völlig anders. Guck ihn dir an, wie er da sitzt: so entspannt, so ...«

Wie Aljoscha mich da mit dieser Furche zwischen den Augenbrauen betrachtete, verstummte auch Tom Waits. Ich dachte an unseren Streit von heute Nachmittag. Und an den von gestern. Eigentlich zankten wir fast täglich, seit Aljoscha im Salon zugange war. Weil er sich taub stellte. Weil er nicht kapieren wollte, dass Kittys Arbeitsweise weit effizienter war als dieses Chaos, das er jeden Tag anrichtete.

In diesem Moment kam mir die Idee: »Christopher, ich weiß, was du tun musst.«

Alle schauten mich an.

»Es ist eigentlich ganz easy und total naheliegend.«

Kaum hatte ich erklärt, wie Christopher es anstellen könne, dass Regula endlich ihren Zürich-Plan aufgab, wenn er die Sache nur konsequent und skrupellos durchziehen würde – da ging es auch schon los. Aljoscha fand meine Strategie genial, Stephan dagegen viel zu riskant. Christopher schaute von einem zum anderen, während er den Argumenten für und gegen meinen Vorschlag folgte. Aber für mich gab es da überhaupt nichts mehr zu diskutieren. Meine Schwester kann ich so gut einschätzen wie meine Kundinnen im Salon. Da wusste ich ja auch, welche Geständnisse mich in den nächsten Wochen und Monaten erwarteten: Theadora würde sich demnächst einen Liebhaber nehmen, Vera ihrem obdachlos gewordenen Sohn Unterschlupf gewähren, und Lissy? Die würde sich natürlich früher oder später in einen ihrer Sugar-Daddys verlieben.

Nur bei den Leuten von »So ist das Leben« hatte ich keine Ahnung. Lukas apportierte Drehbücher, Tomaten mit Mozzarella und Hyazinthen. Viktoria fahndete nach dem Dieb, der die Kleidungsstücke ihres Teddys geraubt hatte. Tina führte ein eisenhartes Regiment, ohne dass die Truppe es überhaupt mitzubekommen schien. Und ich verdächtigte alle und keinen. Dabei lag die Lösung vielleicht viel näher, als ich dachte.

»Danke, Frisör!«, sagte Christopher zum Abschied. »Ich halte dich auf dem Laufenden.«

Als ich ins Badezimmer kam, sah ich: die Badewanne voll, ihr Rand leer.

Die Hektik, mit der ich mit dem Arm ins kalte Wasser

fuhr, war unsinnig. Einmal im Vanille-Mandel-Koffein-Wasser, und das Skript war sowieso hin.

Aljoscha tippte mir auf die Schulter. Umsichtig, wie er war, hatte er das Drehbuch auf die Fensterbank zu den alten Zeitschriften gelegt.

Ich suchte die Szene, in der Lukas seine zwei Sätze zu sprechen hatte. Welche Folge war das noch mal gewesen? Vielleicht gab es einen Unterschied zwischen dieser Fassung und der Fassung, wie sie heute tatsächlich gedreht worden war. Ich blätterte. Folge 5048. Die Partyszene. Ich las.

GLORIA UND MAX HALTEN EIN GLAS MIT EINEM ALKOHOLISCHEN GETRÄNK IN DER HAND. IM HINTERGRUND SIND PARTYGÄSTE ZU SEHEN.

GLORIA (vertraulich):

Können Sie sich vorstellen, dass Trixi ein Foto von unserem Vater zerrissen und einfach in den Müll geworfen hat?

Ich kannte den Text auswendig. Ich übersprang ein paar Passagen und las unten, am Ende der Szene, weiter, beim Angestellten, dargestellt von Lukas.

MAX SCHAUT GLORIA TIEF IN DIE AUGEN. GLORIA HÄLT SEINEM BLICK STAND. SIE SCHEINT WIE VERZAUBERT. IHRE GESICHTER NÄHERN SICH EINANDER AN …

ANGESTELLTER:

Der Sekt ist aus. Haben wir irgendwo noch was?

Ich blätterte um. Ich blätterte zurück, blätterte weiter. Nichts. Eine Seite fehlte.

Jemand hatte das Ende der Szene aus Charlottes Drehbuch herausgerissen.

13

Ein Blick auf den Drehplan bescherte mir einen halben freien Tag. Damit hatte ich nicht gerechnet. Zur Sicherheit rief ich bei Charlotte an. Ihr Vater, der alte Auerbach, bestätigte: kein Dreh. Er sagte nicht: Charlotte, er sagte: »Charly«, wie vor dreißig Jahren, und sprach dabei ganz bedächtig: »Charly ist auf Wohnungssuche.«

Ich nahm mir im Büro die Ablage vor, aber nach weniger als einer halben Stunde war klar, dass ein einziger freier halber Tag zu läppisch ist, um Unerledigtes zu erledigen.

Im Salon war die Stimmung entspannt, obwohl – wie schon am vergangenen Donnerstag – die Handtücher fast aufgebraucht waren, weil niemand die Waschmaschine im Blick hatte. Ich schimpfte und rief unter anderem: »Leute, das geht so nicht!« Aljoscha und die Angestellten warfen sich einen dieser Blicke zu, aber ich hatte es Tina ja bereits erklärt: Das ist die Rolle des Chefs. Ich bezahlte mein Engagement bei »So ist das Leben« eben damit, dass im Salon langsam russische Verhältnisse ausbrachen. Meine Leute waren dabei, sich in einem Schlendrian einzurichten. Ich hatte zwei Möglichkeiten: entweder mit meinem Gezeter weiter für schlechte Stimmung zu sorgen oder mein Image aufzupolieren und meine Angestellten daran zu erinnern, dass ich auch ein guter Chef sein kann.

Ich machte mich auf den Weg zu ›Dallmayr‹, bevor zur Mittagszeit der Ansturm auf die heißen Theken losging.

Um mich nicht durch die Kaufingerstraße kämpfen zu müssen, wanderte ich durch die ruhigere Parallelstraße, die Löwengrube, und landete plötzlich in der kleinen Ettstraße vor dem riesigen Gebäude mit den hohen Fenstern, dem Fries und dem Spruch über dem Eingangsportal: ›Der Edle strebt nach Ordnung und Gesetz.‹ Hier residiert die Münchner Kriminalpolizei.

Es war nur eine Idee, ein Versuch. Dass die Kommissarin an diesem Dienstag, dem einundzwanzigsten April, kurz vor der Mittagszeit einfach so, ohne Terminabsprache, empfangsbereit war – damit hatte ich nicht gerechnet.

»Bitte«, sagte die Mikrophonstimme hinter der Panzerglasscheibe. »Frau Glaser erwartet Sie. Zimmer 308.«

Ich kenne den Weg und weiß, wie es da drinnen aussieht mit den Grünpflanzen, schadhaften Möbeln, dem spärlichen Licht und Geruch nach Reinigungsmitteln. Die Kriminalpolizei residierte nicht, sie hockte hier, dachte ich, als ich ins Zimmer trat und Annette Glaser an ihrem Schreibtisch sitzen sah. »Was gibt es denn so Dringendes?«, fragte sie und nickte in Richtung Stuhl.

»Ich war gerade in der Nähe.« Ich wollte ganz ehrlich sein, nur gekränkt sollte es nicht klingen: »Es geht um unseren Fall, Zacharias Rosendräger. Sie haben sich doch sonst immer dafür interessiert, was ich weiß und so am Rande mitbekomme.«

Sie suchte auf ihrem Schreibtisch herum und fragte: »Was genau haben Sie denn mitbekommen in unserem Fall, so am Rande?«

Plötzlich kam ich mir albern vor mit meinen Indizien, einem zusammengeknüllten Stück Papier aus dem Grab des Ermordeten und einer herausgerissenen Drehbuchseite. Vielleicht war die Idee, hierherzukommen, doch zu spontan gewesen. »Diktieren kann ich Ihnen leider nichts, tut mir leid.«

»Jetzt seien Sie doch nicht gleich beleidigt.« Frau Glaser lehnte sich zurück und wartete, bis ich mich wieder gesetzt hatte. »Ich hätte Sie in den nächsten Tagen ohnehin angerufen. Sie stehen ganz oben auf meiner Liste.« Ihr Telefon klingelte, aber sie kümmerte sich nicht darum. »Diese Fernsehproduktion ist eine geschlossene Gesellschaft. Da hackt eine Krähe der anderen kein Auge aus. Sie dagegen sind mittendrin.«

»Eben!«

»Also?«

»Den Eindruck, den Sie haben, mit den Krähen und so – ich muss Ihnen völlig recht geben. Da passiert ein Mord, und in der Produktion herrscht diese unglaubliche Zufriedenheit. Ist aber auch kein Wunder. Der Tod von Zacharias Rosendräger und das ganze Spektakel haben bei ›So ist das Leben‹ ein großes Problem gelöst. Sie wissen das? Die Einschaltquoten stabilisieren sich gerade auf einem ziemlich anständigen Niveau, und niemand hat mehr Grund, sich Sorgen um seinen Job zu machen. Eigentlich müssten alle Zacharias Rosendräger, ich meine, seinem Mörder, die Füße küssen.«

Die Kommissarin lachte kurz auf.

»Meinen Sie nicht auch, darin liegt ein Motiv?«, fragte ich.

Sie angelte mit ausgestrecktem Arm vom Schreibtisch gegenüber eine Aktenmappe und fiel wieder zurück auf ihren Stuhl.

»Was ist eigentlich mit dem Privatleben von Zacharias Rosendräger?«, fragte ich.

Sie blätterte und murmelte: »Privatleben? ›So ist das Leben‹ war sein Leben.« Sie nickte zum Schreibtisch gegenüber, an dem sonst immer ihr Assistent saß. »So hat er es letztens mal ausgedrückt.«

Den Lippenstift, so kam es mir vor, hatte sie frisch aufgetragen. Die Hemdbluse war kariert und eher rustikal, wenn man mal von diesem Spitzenbesatz absah, der um den eckigen Ausschnitt herumgehäkelt war. Würde man bei Annette Glaser von einem Stil sprechen, wären diese bequemen Hemdblusen stilbildend. Aber was soll's: Sie hatte Verbrecher zu fangen, und ich war nicht bei der Geschmackspolizei.

»Was hat Zacharias Rosendräger am Sonntagabend eigentlich im Studio gemacht?«, fragte ich.

Die Kommissarin sagte, während ihr Blick über die Seiten wanderte: »Möglicherweise hat er sich einfach nur über den Fortgang der Bauarbeiten informiert.«

»Hat ein Kampf stattgefunden?«

Die Kommissarin schüttelte den Kopf. »Er wurde von hinten gestoßen. Der Angriff kam für Zacharias Rosendräger völlig überraschend. Er hatte keine Chance.«

»Gibt es Fußspuren vom Mörder?«

»Spuren haben wir jede Menge. Die Bauarbeiten waren ja in vollem Gange. Wir konnten aber bisher noch nicht alle Spuren zuordnen.«

Vielleicht hatte Tina ihr gar nichts verraten von den Proben des Chefautors mit Viktoria Peichl. »Hat der Chefautor am Sonntag, bevor der Mord passiert ist, eigentlich Anrufe bekommen?«

»Allerdings.« Die Kommissarin zitierte aus den Akten: »Frau Schmale, Herr Schmidt-Denninger, Frau Auerbach, und noch mal Frau Schmale. Das ging so munter das ganze Wochenende über Mobilfunk und Festnetz. Der letzte Anruf kam von Frau Auerbach, von Mobilfunk zu Mobilfunk.«

»Wann?«

»Kurz vor zweiundzwanzig Uhr.« Die Kommissarin klappte den Vorgang zu. »Herr Prinz, ich freue mich ja, dass Sie vorbeikommen und wir uns miteinander unterhalten. Aber ich hatte gehofft, Sie würden mir irgendetwas Interessantes erzählen!«

»Erinnern Sie sich noch, wie ich Sie damals anrief?«, fragte ich. »Vor zwei Monaten war das.«

»Sechs Wochen vor dem Mord. Es ging um Johannes Beyerle, den ehemaligen Schauspieler, den Selbstmörder. Ich erinnere mich.«

»Falsch. Es ging um seinen Neffen Lukas.«

»Richtig. Was ist mit ihm?«

Ich berichtete, wie der Mann sich gegen den Widerstand von Zacharias Rosendräger als Komparse in die Produktion gemogelt hatte, indem er mich dafür einspannte und die Geschichte von unserer Freundschaft erfand. Ich erzählte, was Lukas geschwafelt hatte: Er wolle die Welt seines Onkels kennenlernen. Herausfinden, wer ihm bei »SidL« wie übel mitgespielt hatte. Alles Gerede! In Wahrheit machte er der Schauspielerin Charlotte Auerbach schöne Augen, trainierte seinen Body und verfolgte nur ein Ziel: vom Komparsen aufzusteigen zum Schauspieler – ehrgeizig, schlau und mit allen ihm zur Verfügung stehenden Mitteln. »Finden Sie das nicht verdächtig?«

Die Kommissarin sah mich an, mehrere Sekunden lang. Dann schüttelte sie den Kopf: »Nein.«

Ich stand auf. Ich musste wirklich los.

»Haben Sie nicht irgendetwas Konkretes?«, fragte die Kommissarin.

»Das Einzige«, sagte ich, »wäre dieser zusammengeknüllte Zettel.« Ich erzählte ihr von der Beerdigung, die sie verpasst hatte, und von Lukas' Wegwerfaktion der Partyszene aus Folge fünftausendnochwas. Und dass Lukas – wie sich beim Dreh im Studio am Montag herausgestellt hatte – in genau dieser Szene erstmals zwei kleine Sätze sprechen durfte. Annette Glaser machte sich Notizen. Ich berichtete ihr, dass es eine alte Drehbuchfassung gab, die Ursprungsfassung, die noch zu Zacharias' Zeiten entstanden war. Und dass mir ein Vergleich zwischen der alten und der neuen Szene nicht möglich war, weil genau diese Seite aus dem alten Drehbuch herausgerissen war.

»Zusammengeknülltes und Herausgerissenes.« Annette Glaser drehte ihren Stift.

»Tut mir leid«, sagte ich. »Konkreter geht es nicht.«

»Wo sind die Sachen – der Zettel, das Drehbuch?«

»Das Drehbuch liegt oben bei mir, und die geknüllte Szene müsste eigentlich noch im Salon sein, wahrscheinlich hinten, in der Kaffeeküche.«

»Torsten!«, rief die Kommissarin.

14

An diesem Abend schaltete sich kurz vor einundzwanzig Uhr mein Anrufbeantworter ein. »So ist das Leben« meldete sich die Stimme von Tinas Assistent. Seine Ansage war ein höflicher Befehl: »Komm morgen früh um acht in den großen Konfi. Und sei bitte pünktlich.«

»Konfi?«, fragte Aljoscha.

»Er meint: Konferenzraum.«

Der Einzige, der sich pünktlich einfand, war ich.

Vom Fenster im ersten Stock beobachtete ich, wie die Fans sich vor dem Eingang einrichteten. Eines der Mädchen saß bei seiner Freundin auf dem Schoß. Eine Tüte Kartoffelchips machte die Runde, ohne dass die Fans Notiz von der Chefmaskenbildnerin nahmen, die sich da unten aus ihrem Auto schälte, zeitgleich mit Jan-Joachim, aber zwei Parkplatzreihen weiter südlich. Ich versuchte zu berechnen, wo die beiden sich begegnen würden. Da fuhr ein Wagen vor.

Ein junger Mann stieg aus, ging um das Auto herum, öffnete die Beifahrertür und streckte die Hand aus. Erst kam ein Arm, dann das Bein, dann Viktoria Peichl. Die Fans umringten sie. Lächelnd kritzelte sie auf Schulhefte, die ihr entgegengestreckt wurden, und verteilte Autogrammkarten. Viktoria war ein Star, immerhin ein »SidL«-Star, in ihrer superkurzen Tunika und den Overknee-Stiefeln. Die letzte der dauernd durchgeführten Marktforschungen hatte ergeben, dass ›Trixi‹ im Windschatten der neuen Figur ›Gloria‹ bei den Zuschauern immer beliebter wurde.

Der Mann, der hinter ihr stand und das Metallic-Täschchen hielt, war wohl Viktorias Freund. In seinen Augen lag stiller Stolz auf seine kostbare Fracht, in seinen Wangenhöhlen hatte die Akne ihre kleinen Narben hinterlassen.

Der Assistent von Tina stellte sich neben mich, ließ ebenfalls seinen Blick über den Parkplatz schweifen und sagte mit gedämpfter Stimme: »Gestern Nachmittag war die Kripo im Haus. Sie haben Lukas Schmidt-Denninger verhört.«

»Tatsächlich?«

»Und danach haben sie sich Tina vorgenommen und danach Charlotte. Zwei Stunden haben die Kriminalkommissarin und ihr Kollege den kleinen Konferenzraum blockiert. Für mehr als eine Stunde mussten wir die Dreharbeiten unterbrechen!« Das schien in der Wahrnehmung des Assistenten der größte Skandal zu sein.

Dies alles hatte mein Besuch bei der Kriminalpolizei und die Übergabe einer zusammengeknüllten Drehbuchseite ausgelöst.

Am Konferenztisch besetzten die Leute von Casting, Coaching und Story die letzten Plätze. Große Teller mit Stapeln belegter Brötchen wurden hin und her geschoben.

Hinter Tina Schmale schloss Charlotte Auerbach die Tür und quetschte sich neben Jan-Joachim auf den letzten freien Stuhl. Lukas konnte ich nirgends entdecken. War er am Ende verhaftet worden? War das die Nachricht, die Tina hier so offiziell und wichtig mitteilen wollte? Ihrer Miene, als sie sich ans Kopfende setzte, war nichts zu entnehmen.

Als Stille eingetreten war, ging die Tür noch einmal auf: Viktoria Peichl kam herein, winkte nach links, lächelte nach rechts und schaute, wo sie noch unterkommen könnte. Der Stehplatz neben mir an der Fensterbank kam für sie nicht in Frage. Sie zog es vor, sich neben der Tür an die Wand zu lehnen.

Tina faltete die Hände auf dem Tisch. »Liebe Leute.« Ihr Blick in die Runde war ernst. »Ihr wisst es alle: Gestern hatten wir wieder die Polizei im Haus.«

Man setzte sich gerade. Jan-Joachim schloss die Augen.

»Einer von uns ist ins Fadenkreuz der Ermittlungen geraten. Es handelt sich um unseren Komparsen Lukas Schmidt-Denninger. Damit keine falschen Gerüchte entstehen: Lukas ist unschuldig. Alle Ermittlungen der Polizei haben zu diesem Ergebnis geführt. Darum bitte ich euch, liebe Leute: Wir dürfen uns hier nicht gegenseitig verdächtigen.«

»Wer hat denn den Lukas verdächtigt?«, fragte jemand.

»Das tut jetzt nichts zur Sache«, antwortete Tina. »Mir ist nur wichtig, dass in Zukunft …«

»Jetzt sag doch mal, Tina!«, fing ein anderer an. »Wer ist der Denunziant? Und wie kommt er darauf?«

Die Blicke, mit denen die Kollegen einander taxierten, waren stumm, aber nicht sprachlos. Neugier und Empörung waren darin zu lesen und das Wissen um die eigene Unschuld – zumindest in dieser Frage.

Ich trat einen Schritt vor. »Ich war's. Ich habe mit der Polizei gesprochen. Aber ich habe nie behauptet, Lukas wäre ein Mörder.«

Tina senkte den Kopf, als alle anfingen, durcheinanderzureden. Bei all den Kommentaren, Zwischenrufen und einzelnen Lachern war nichts zu verstehen. Viktoria starrte zu mir herüber, als würde sich ihr in diesem Moment erschließen, dass natürlich nur der Dieb von Bärchens Pullover der Denunziant sein konnte. Jan-Joachim rieb sich nervös das Gesicht, während Charlotte sich einen Fussel von der Hose pflückte.

Ich lehnte mich wieder an die Fensterbank und verschränkte die Arme vor der Brust.

»Bitte, Leute.« Obwohl Tina laut sprach, kam sie nicht durch. »Ruhe!«, rief sie. »Es ist richtig, was Tommy sagt! Er hat nie so etwas behauptet. – Hey, hört mal alle her! Wir müssen zusammenhalten. Seit diese Sache passiert ist, dieses Unglück ...«

»Es war Mord«, sagte ich. »Sprich es doch mal aus. Zacharias ist ermordet worden. Und der Mörder läuft frei herum.«

Nach einem kurzen Moment des Schweigens erregten sich die Leute jetzt umso lauter. Nur Jan-Joachim beteiligte sich nicht. Während er an Charlotte vorbei zur Tür hinausging, versuchte Tina noch, einen geordneten Abschluss für diese Konferenz zu finden. »Bitte, liebe Leute«, rief sie, »gehen wir wieder an unsere Arbeit. Ich danke euch!«

Im Vorbeigehen – ihr Haaransatz war etwas feucht – sagte sie zu mir: »Kommst du bitte mit in mein Büro?«

Eine Seite Text: Die Partyszene. Zu Lebzeiten von Zacharias Rosendräger geschrieben. Dann aus dem Drehbuch herausgerissen, verschwunden und nach seinem Tod nie gedreht.

GLORIA UND MAX HALTEN EIN GLAS MIT EINEM ALKOHOLISCHEN GETRÄNK IN DER HAND. IM HINTERGRUND SIND PARTYGÄSTE ZU SEHEN.

GLORIA (vertraulich):

Können Sie sich vorstellen, dass Trixi ein Foto von unserem Vater zerrissen und einfach in den Müll geworfen hat?

Ich übersprang die nächsten Passagen und las weiter unten, am Ende der Szene, wo der Angestellte, dargestellt von Lukas, dazukommt.

MAX SCHAUT GLORIA TIEF IN DIE AUGEN. GLORIA HÄLT SEINEM BLICK STAND. SIE SCHEINT WIE VERZAUBERT. IHRE GESICHTER NÄHERN SICH EINANDER AN …

ANGESTELLTER:

Der Sekt ist aus. Haben wir irgendwo noch was?

MAX (verärgert):

Dahinten.

GLORIA NUTZT DIE GELEGENHEIT UND ENTZIEHT SICH VERWIRRT. MAX SCHAUT IHR UNDURCHDRINGLICH HINTERHER.

Hier endete die Szene, wie sie vor zwei Tagen mit Lukas gedreht worden war. Bis hierher war alles identisch. Aber in der Fassung von Zacharias Rosendräger ging die Szene noch weiter. Ich blätterte um. Ein paar Zeilen nur.

MAX GEHT ZUM ANGESTELLTEN.
MAX (sehr freundlich):
Sie haben kein gutes Timing.
DER ANGESTELLTE SIEHT IHN FRAGEND AN.
MAX (kalt):
Sie sind gefeuert.
MAX PROSTET LÄCHELND EINER PERSON ZU, DIE VORÜBERGEHT.
CHARLOTTE STEHT PLAUDERND IN EINIGER ENTFERNUNG UND MERKT NICHT, DASS MAX SIE KALT FIXIERT.

»Viel besser, diese Szene«, rief ich. »Der Angestellte wird gefeuert! Das ist komisch und sagt alles über den skrupellosen Charakter von ›Max‹.«

Tinas Assistent servierte Kaffee mit Keks und Tablette.

»Die Szene, wie ihr sie dagegen am Montag gedreht habt, ohne das Lukas-wird-gefeuert-Ende, ist echt langweilig.«

Tina nahm einen Schluck Wasser, warf den Kopf nach hinten und sagte: »Hätten wir das Lukas-wird-gefeuert-Ende gedreht, wäre er raus gewesen. Aus-die-Maus. Ende-Gelände.«

»Er hätte seinen Komparsenjob verloren?«

»Was dachtest du denn?« Tina schüttelte den Kopf. »Wenn er in einer Szene gefeuert wird, kann ich ihn nicht in anderen Szenen durchs Bild laufen lassen. Sein Gesicht ist dann nicht mehr zu gebrauchen.«

»Aber warum wurde die Szene dann überhaupt erst so geschrieben?«

»Tommy-Schatz, ich kümmere mich wirklich um vieles,

aber nicht um jeden Scheißdreck. Das habe ich auch zu Lukas gesagt, der ja gleich hier angelaufen kam. Aber wie er es fertiggebracht hat, dass sich dann auch noch Charlotte als Anwältin in seiner Sache aufspielt – du hättest sie sehen müssen, mit dem Stück Papier in der Hand…«

»Die rausgerissene Seite, vermutlich.«

»Du kennst die Geschichte? Sag mal, ist der Lukas eigentlich immer so hartnäckig? Aber ich hatte zu dem Zeitpunkt wirklich keinen Kopf dafür.«

»Zacharias schreibt diese Szene – oder lässt sie schreiben –, Lukas macht die Pferde scheu, Zacharias stirbt, und dann wird die Szene geändert. Das stinkt doch zum Himmel!«

»Da stinkt gar nichts. Nach Zacharias' Tod habe ich zu den Autoren gesagt: In Gottes Namen, streicht das Ende einfach weg, Lukas bleibt Komparse. Ein Problem weniger.«

»Aber wenn jemand ein Motiv hatte, Zacharias umzubringen – dann Lukas. Zacharias hätte seine Karriere zerstört, bevor sie überhaupt beginnen konnte.«

Tina lachte. »Karriere? Als Komparse?«

»Überleg doch mal: Zacharias, der ihn nie bei ›SidL‹ haben wollte, gibt ihm zwei kleine Sätze – was Lukas sich brennend wünscht – und katapultiert ihn mit genau diesen Sätzen für immer aus der Serie. Wie gemein! Klar, dass Lukas durchdreht. Den Chefautor hätte ich mir an seiner Stelle auch vorgeknöpft. Und dabei ist es dann passiert.«

Tina starrte mich an, als wäre ich begriffsstutzig. »Er ist unschuldig, akzeptier das. Die Polizei hat ihn laufen lassen.«

»Wahrscheinlich hat er ein Alibi. Möchte mal wissen, welches.«

»Ich weiß nicht, was zwischen dir und Lukas läuft, aber jetzt ist Ruhe. Keine Detektivspielchen mehr, keine Verdächtigungen, keine Recherchen. Hast du mich verstanden?«

Eine Sache fiel mir noch ein, bevor ich aus der Tür war: »Hast du der Kommissarin eigentlich von Viktoria erzählt? Von ihren Wochenendproben mit Zacharias?«

»Und bitte mach die Tür hinter dir zu.«

Für Leute, die Trödelmärkte lieben, wäre das Angebot in diesem Raum mindestens sehenswert. Aluminiumregale, mannshoch, viele Meter lang, vollgestopft mit Geschirr, Vasen, Spielzeug und Schallplatten – Requisiten aus zwanzig Jahren »So ist das Leben«. Die neue Szenenbildpraktikantin hatte mir den Tipp gegeben, dass ich Lukas hier finden könne, nachdem ich ihn in keiner der Garderoben, auf keinem Flur, nicht am Empfang und auch nicht in der Kantine entdecken konnte.

Die Helligkeit mit den Oberlichtern war diffus. Am Ende des letzten Ganges, zwischen künstlichen Blumen und Sandkastenplastik, stemmte der Komparse Hanteln.

»Ich wollte mich entschuldigen«, sagte ich. »Tut mir leid, dass ich dir die Polizei auf den Hals gehetzt habe.«

Lukas konzentrierte sich auf seine Oberarme: Bizeps rechts, Bizeps links.

»Aber für mich sah es wirklich so aus, als wärest du der perfekte Mörder gewesen. Nicht nur wegen deiner Visage.«

Lukas legte die Hanteln ab.

Ich trat einen Schritt zurück. »Und weißt du was? Ich hätte es sogar verstanden, wenn bei dir die Sicherungen durchgebrannt wären. So eine perfide, gemeine Kündigung, wie Zacharias sie dir mit dem Drehbuch vor den Kopf geknallt hat – das muss einem erst mal einfallen. Warum wollte er dich auf diese Weise aus der Serie kicken? Hast du ihm irgendetwas getan?«

Lukas legte sich auf den Rücken, winkelte die Beine in der Luft an, legte die Hände an die Schläfen und klappte mit dem Oberkörper hoch-runter, hoch-runter.

»Wie gesagt: Wenn ich jemandem zugetraut hätte, Zacharias von der Galerie zu stoßen – dann dir.«

Er blieb auf dem Rücken liegen und starrte zur Decke. Der Brustkorb hob und senkte sich. »War es immer dein Traum, Frisör zu werden?«

»Frisör? Ja. Wieso?«

Lukas drehte sich auf den Bauch und begann mit Liegestützen.

Ich setzte mich auf eine Kiste, eine Art Spielzeugkiste. Dieses Gehampel machte mich ganz verrückt. »Warum hast du es eigentlich nicht mal mit der Schauspielschule versucht, wenn du unbedingt Schauspieler werden willst?«

»Absagen ...«

»Aber Komparse – das ist doch keine Perspektive.«

Lukas blieb auf dem Bauch liegen und sprach, den Kopf zur Seite gedreht: »Angenommen, du wärest ein paar Jahre jünger. Du hättest nichts, keinen Besitz, keine Verpflichtungen, nur deinen Frisör-Traum. Bekommst aber ums Verrecken keinen Ausbildungsplatz. Nur einen, sagen wir: im hinterletzten Kaff bei der hinterletzten Friseuse. Was würdest du tun?«

»Weitersuchen. Im Ausland, zum Beispiel.«

»Dort dasselbe. Du hast alle Möglichkeiten durch. Es bleibt nur das Kaff.«

»Dann würde ich es vermutlich machen. Ich könnte ja auch immer noch weiter rumgucken, und vielleicht ist die Frisörin im Kaff auch gar nicht so schlecht.«

»Das sehe ich genauso.« Lukas angelte nach dem Handtuch, das von einer Stehlampe herabhing.

»Aber du musst die Geschichte auch weiterspinnen«, sagte ich. »Also: Ich lass mich darauf ein. Ich bin mir nicht zu schade, obwohl ich finde, dass ich etwas Besseres verdient habe. Und trotzdem kommt jemand aus dieser Klitsche und setzt mich vor die Tür, einfach so. Ich wäre ziemlich sauer. Und gekränkt. Maßlos gekränkt.«

»Ich wollte von Zacharias nur eines wissen: Warum? Aber er war feige und hat alles auf seine Autoren geschoben. Hat einfach behauptet, die würden diese kleinen Details in ihren Folgen festlegen. Mehr hätte er dazu nicht zu sagen. – Darf ich mal?«

Er öffnete die Kiste, auf der ich gesessen hatte, und legte die Hanteln hinein. Ein Expander lag auch darin.

»Warum hast du ihm auf dem Friedhof das Blatt Papier hinterhergeworfen?«

Lukas breitete die Arme aus und deklamierte: »Zacharias, guck dich an: Wo bist du jetzt? Und guck mich an – wo bin ich?« Er ließ die Schultern hängen. »Ich gebe zu, es war die reine Schadenfreude. Ein später Triumph, aber immerhin.«

»Und warum hast du ihm deine Szene hinterhergeworfen, die Fassung, für die du gekämpft hast? Warum nicht seine Drecksszene, wo du als Angestellter die Kündigung bekommst?«

»Das wäre rückwärtsgewandt«, erklärte Lukas. »Ich schaue aber nicht zurück. Ich habe mir vorgenommen, immer nur nach vorne zu schauen. Auch gestern. So gesehen war die Aktion mit der Polizei nämlich genial.«

»Genial? Wieso?«

»Die meisten Komparsen sind gesichtslos und spielen irgendwelche Passanten oder Restaurantbesucher. Ich dagegen bin jede Woche im Fernsehen zu sehen, habe als Angestellter meinen festen Platz und sogar einen Namen. Ich bin der ›Angestellte Gabriel‹. Ich bin das, was man einen Edelkomparsen nennt. Und von allen Edelkomparsen bin ich der einzige, der einmal unter Mordverdacht stand. In der Branche kennen mich jetzt alle. Ich habe eine Aura.«

»Und was für ein Alibi hast du?«

Mit dem Grinsen trat wieder der merkwürdige Effekt ein, dass sein asymmetrisches Gesicht sich so hinschob, dass es beinahe symmetrisch wurde.

Am Ende des Ganges drehte er sich um und rief: »Das mit der Verbrechervisage hat mir übrigens gefallen – danke!«

In der Spielzeugkiste lagen unter dem Expander ein Stirnband, eine Dose mit Haarwachs – das ganz billige –, Ohropax und ein abgegriffenes Buch: *Der Prophet.* Indische Philosophie.

Ich machte den Deckel wieder zu.

15

Aljoscha studierte die Landkarte von Oberbayern. Je länger er auf das Straßengewirr guckte, desto besser würde er sich später orientieren. Bei dem, was ich in den vergangenen Tagen und Wochen getan hatte, verhielt es sich leider umgekehrt.

Ich war immer tiefer in die Verflechtungen zwischen den »SidL«-Leuten eingedrungen, aber ich hatte mich heillos darin verstrickt. Ich hatte die falsche Auffahrt erwischt, war mit Vollgas losgeprescht, ohne zu bemerken, dass die Reise in eine völlig verkehrte Richtung ging. Dafür wusste ich nun alles über die Entstehung einer bescheuerten Drehbuchszene, die nie gesendet wurde und nur bewirkt hatte, dass ich Lukas damit in Mordverdacht brachte.

Aljoscha faltete die Karte und drehte sie um.

Und nebenbei hatte ich mein vielleicht größtes Privileg verspielt: die Unsichtbarkeit. Den Frisör hatte niemand groß beachtet, aber nach meinem Outing als heimlicher Ermittler war es damit wohl vorbei. Niemand würde in meiner Gegenwart mehr arglos irgendwelche Dinge ausplaudern. Lukas war dafür das beste Beispiel. Dem Frisör hätte der Komparse erzählt, wo er sich am Sonntagabend zur Tatzeit aufhielt. Aber ein ermittelnder Frisör brauchte das nicht zu wissen.

Ich sollte den Job der Polizei überlassen und mich auf das konzentrieren, was ich konnte: Haare.

»Das war übrigens nicht schlecht, dein Telefonat mit der Kripo«, sagte Aljoscha.

»Wieso?«

»Wie du diesen Torsten mit der größten Selbstverständlichkeit unter Druck gesetzt und alle Informationen eingefordert hast, als ob sie dir zustehen würden. Du tust einfach so, als ob du ein Recht darauf hättest. Gute Taktik.«

Nur war es keine Taktik gewesen, sondern meine echte Überzeugung. Natürlich war die Polizei mir eine Antwort schuldig gewesen in der letzten noch offenen Frage nach Lukas Schmidt-Denningers Alibi. Sehr freundlich hatte ich Torsten darauf hingewiesen, dass es eine Sache der Höflichkeit gewesen wäre, wenn er mich über den Stand der Ermittlungen informiert hätte, ohne dass ich ihm hinterhertelefonieren musste. Schließlich hatte ich mit meinen Recherchen entscheidend zu den Ermittlungen beigetragen und die Kripo bei ihrer Arbeit unterstützt. Und dann: kein Anruf, kein Dankeschön. Kein Bericht, was bei der ganzen Sache herausgekommen war.

Ich musste ziemlich lange auf Torsten einreden, bis er schließlich seufzte und sagte:

»Es ist heikel. Bitte behalt die Information für dich: Lukas Schmidt-Denninger war am Sonntagabend mit Charlotte Auerbach zusammen.«

Doch selbst wenn Komparse und Starschauspielerin eine Liaison hätten, konnte ich nicht sehen, dass die Liebe verboten wäre oder etwas mit dem Mord zu tun haben könnte.

»Schlaipfering«, sagte Aljoscha.

»Wie?«

»Wenn wir an den Chiemsee fahren, kommen wir an Schlaipfering vorbei. Hast du nicht den Bericht über Viktoria Peichl gesehen, diese Homestory, in der ›SidL‹-Fan-Zeitschrift? Das wäre doch eine Gelegenheit: Mal ganz privat vorbeigucken und sehen, wie diese Viktoria so lebt.«

Mein Freund Konstantin erzählt immer, er hätte in seinem Leben zwei Leidenschaften: Er war verliebt in Berlin und in diesen Peugeot, den er uns für dieses Wochenende auslieh, und beide Lieben hätten einander über viele Jahre vortrefflich ergänzt. Trotzdem fragte ich mich, wie er mit diesem Auto so lange Zeit so weite Strecken gefahren war. Auf jeden Fall wohl mit kleinem Gepäck. Dann fand ich den Riemen unter dem Fahrersitz, mit dem ich den Metallkoffer hinten auf der Klappe befestigen konnte. Die Halterung, das silberne Gestänge, war für diesen Zweck vorgesehen.

Den Picknickkorb setzte ich auf den Rücksitz, die Straßenkarte für Ober- und Niederbayern kam ins Handschuhfach. Unsere Sonnenbrillen hängte ich an den Lenker, die Schirmmützen als Schutz gegen den Wind legte ich aufs Armaturenbrett.

Ich löste den Hebel für das Verdeck und schob es nach hinten. Wunderbar einfach, die Mechanik. Ich knöpfte den gefalteten Kunststoff fest, lehnte mich ans Auto und zwang mich, meinen Zeitplan als nicht bindend zu betrachten. Zum Chiemsee war es ja wirklich nur ein Katzensprung.

Wie der Peugeot, Modell 504, und ich uns in der Scheibe vom Salon spiegelten – das sah schon gut aus, obwohl wir beide in den letzten dreißig und vierzig Jahren an der einen oder anderen Stelle etwas Rost angesetzt hatten, er vor allem unten an den Türen und dort, wo die silberne Chromleiste entlangläuft. Aber wenn die Gesamtlinie stimmt – die trapezförmigen Scheinwerfer, die langgezogenen Blinker und der abfallende Knick in der Kofferraumhaube –, verhält es sich mit kleinen Lackschäden und verschlissenem Leder wie mit kleinen Falten und Krähenfüßen: Manche Verschleißerscheinungen bringen die Schönheit und den Charakter erst richtig zum Vorschein.

Als ich oben Sturm läutete, kam Aljoscha die Treppen herunter und fragte: »Haben wir alles?«

Die Passauer Autobahn verließen wir schon bei Feldkirchen. Der Blinker schnalzte für mein Gefühl genau im richtigen Takt. Ich stellte meinen Beifahrersitz etwas nach hinten und legte die Straßenkarte zur Seite. Bis Ebersberg war die Richtung klar.

Während ich unsere Nasen mit Sonnencreme versorgte, erzählte Aljoscha, dass er mit seiner Großmutter telefoniert hatte. Die Schwester aus Sibirien war zu Besuch in Moskau und hatte sich erlaubt, in Pantoffeln auf den Markt bei der Metrostation zu gehen. Begründung: Zu Hause würde sie es genauso halten. Babuschka fand das unmöglich. Moskau sei doch nicht die sibirische Provinz!

Die Vorstellung, in Babuschkas Moskauer Wohnsiedlung in Pantoffeln zum Einkaufen zu schlappen, fand ich weniger skurril als die Vorstellung, das Gleiche in Sibirien zu tun. Ich kenne Sibirien nicht, aber ich verteidigte die Schwester schon allein deshalb, weil Aljoscha sich immer auf die Seite von Babuschka schlug. Doch eines war mir dabei ein Rätsel: Dieser Kleinkrieg zwischen Moskau und Sibirien,

Hauptstadt und Provinz – warum genossen die beiden Alten nicht das Leben, die Zeit, die ihnen blieb, bis zu der Abreise, der Trennung, dem Tod?

Aljoscha lächelte nachsichtig: »In Wahrheit genießen beide den Streit, und zwar jede Sekunde davon. Das kannst du dir nicht vorstellen, als Schweizer, in München sozialisiert, mit deinem Schönheits- und Harmoniewahn.« Und mit dem üblichen Pathos fügte er hinzu: »Aber Streit ist eben auch ein Ausdruck von Lebendigkeit.«

Ich verteilte die Schokolade.

Wir kümmerten uns nicht um die Raser in den großen Autos hinter den getönten Scheiben. Getönte Scheiben! Wie zart das Grün der Blätter war, so zart wie der Schatten, den sie in Abständen über uns warfen. Das Tempo, knapp siebzig Stundenkilometer, war perfekt. Ich ließ meinen Arm baumeln und den aufgekrempelten Ärmel im Fahrtwind flattern.

Ich fragte: »Was wird eigentlich, wenn die Schwester wieder nach Sibirien abdampft?«

»Dann stehen die beiden am Kursker Bahnhof und heulen Rotz und Wasser.«

In Ebersberg mit der unübersichtlichen Beschilderung verfransten wir uns. Als nach ein paar Kilometern der Wegweiser nach Tuntenhausen auftauchte und Aljoscha fast von der Straße abkam, wurde mir klar, dass wir nach Süden unterwegs waren. Aber ich wollte über Wasserburg fahren und den Abstecher zur Talsperre machen. Beim nächsten Feldweg wendeten wir, fuhren ein ganzes Stück zurück und bogen ab nach Ramersberg.

Dass das Wasser zu kalt sein würde, war mir gleich klar.

Ich hatte unsere Badehosen wegen des beheizten Außenpools eingepackt, obwohl mich der Hamam und anschließend die Prozedur mit dem Crushed-Ice mehr interessierten – aber das war das Programm für morgen, den Sonntag.

Der Inn mit seinem Rauschen war die perfekte Hintergrundmusik für mein Picknick und ein paar grundsätzliche Fragen, die ich an Aljoscha hatte. Doch vorher packte ich aus: Hühnerbrust und Waldorfsalat, Lachstartar und Cocktailtomaten, Parmesan und Trauben. Und eine Flasche leichten Rosé. Aljoscha hatte den Mund voll, so dass er nicht antworten konnte auf meine Frage: »Weißt du eigentlich schon, was du tun willst, wenn du wieder in Moskau bist? Hast du irgendwelche Pläne?«

Als alles ziemlich abgegrast war, legte ich meinen Kopf in seinen Schoß, schaute mir sein Kinn von unten und da oben die Wolken an und hörte, wie Aljoscha sagte: »Vielleicht fährt die Schwester gar nicht mehr zurück. Vielleicht bleibt sie in Moskau.«

Das klang so beiläufig.

»Dann könnte ich prinzipiell erst einmal in München bleiben.« Er guckte zu mir herunter.

»Fein!«, sagte ich.

»Finde ich auch!«

»Bleibt die Frage: Was willst du hier tun?«

Er faltete die Straßenkarte zusammen und griff nach seinen Zigaretten. »Fährst du?«

Der Motor stöhnte, wenn ich in den Kurven zu früh runterschaltete. Aljoscha angelte nach der Flasche mit dem Veilchenwasser, stellte den Sitz zurück und legte die Füße aufs Armaturenbrett.

Beim Wegweiser »Schlaipfering zwei Kilometer« schlief er mit dem Kopf auf dem Arm und dem Arm auf der Tür.

Ich blinkte und bog ab.

Das Dorf bestand aus einem Hügel und einer Senke. Auf dem Hügel standen drei Höfe, in der Senke zwei. Mittendurch führte ein Weg, den man nur deshalb eine Straße nennen würde, weil er geteert war, aber so schmal, dass nicht mal ein Peugeot 504 und ein entgegenkommendes Kinderdreirad aneinander vorbeipassten. Ich rollte auf den Grünstreifen und kuppelte aus.

»Hallo«, sagte ich. »Na, du?« Ich schob meine Sonnenbrille zurück.

Wie das Kind guckte. Entweder würde es gleich anfangen zu lachen oder zu schreien.

»Weißt du, wo die Peichls wohnen? Viktoria Peichl? Kennst du die?«

Das Kind stand von seinem Sitz auf, drehte sein Gefährt in die Richtung, aus der es gekommen war, und strampelte los. Ich ließ nur die Kupplung schleifen.

»Sind wir schon da?«, fragte Aljoscha.

»Schlaipfering. Bis zum Chiemsee sind es noch dreißig Kilometer.«

»Ich glaube, ich habe einen Sonnenbrand.«

Das Dreirad bog auf einen Grasweg ein. Ich nahm den Parkplatz auf dem Gras und stellte den Motor ab. Aljoscha stieg aus.

Das Haus war riesig, im Erdgeschoss weiß getüncht und darüber mit dunklem Holz verkleidet. Unter dem umlaufenden Balkon lagen Holzscheite gestapelt. Kleine quadratische Fenster mit Sprossen waren von grünen Läden flankiert. Und wo jetzt noch die Primeln blühten, würden schon bald die Geranien herabhängen. Das Kind war verschwunden. Ich ging um das Haus herum.

Eine Frau in Jeans war dabei, Wäsche von der Leine zu nehmen. Ich wollte sie auf keinen Fall erschrecken, darum rief ich schon aus der Entfernung: »Grüß Gott!«

Sie hielt sich eine Hand über die Augen.

»Ich suche Viktoria. Bin ich hier richtig? Tomas Prinz ist mein Name.«

»Vicky! Für dich!«

Vielleicht waren wir nicht die ersten Fremden, die hier herumschlichen.

Aljoscha bog um die Ecke, als Viktoria aus dem Haus kam. Es war natürlich ein Unterschied, ob man Viktoria nur aus dem Fernsehen kannte oder ob sie plötzlich leibhaftig vor einem stand, barfuß, in Shorts und T-Shirt, das Haar mit einer dieser Plastikklammern zusammengezwungen. Aber Aljoscha machte plötzlich den Eindruck, als ob er mit allem gerechnet hätte, hier, in den Hügeln von Oberbayern, nur nicht mit dieser Person, die er als schwierigen Charakter aus einer Vorabendserie kannte.

»Entschuldigung«, rief ich.

»Tommy!«

»Tut mir leid, dass wir dich hier so überfallen. Wir sind auf dem Weg zum Chiemsee, da habe ich den Wegweiser nach Schlaipfering gesehen. Wir mussten einfach haltmachen und dir kurz hallo sagen.«

»Hallo«, sagte Aljoscha jetzt.

»Das ist mein Freund Aljoscha«, erklärte ich. »Er ist ein großer Fan von dir.«

Viktoria hielt sich beide Hände vor den Mund, als müsse sie einen Schrei unterdrücken. »Das finde ich aber total nett! Wollt ihr etwas trinken? – Mama! – Wir können uns auch da rübersetzen.«

Frau Peichl trug den Wäschekorb auf der Hüfte.

»Mama, das ist Tomas Prinz, der Starfrisör.«

»Und fährt so ein altes Auto?«

Dass ich ein wenig eingeschüchtert war, als ich neben Aljoscha auf die Bank rutschte, lag vor allem an der Aussicht, die man von hier hatte. Wie soll ich die beschreiben? Eine Postkarte mit der Landschaft von Oberbayern, aber alles mit Fotoshop bearbeitet. Später würde ich zu Aljoscha sagen: »Ist es nicht abartig: Das, was ganz natürlich ist – grüne Wiesen, Wäsche auf der Leine, kristallklares Gebirgswasser und so –, kommt mir vor wie ein billiger Werbespot. Und das Unnatürliche – Straßencafés, Hundekacke, Koks – ist ganz alltäglich. Wie krank ist das?«

Und wie sollte ich in dieser Umgebung den Bogen zurück in die Stadt finden, zu »SidL«, den Produktionsstätten und dem Mord am Chefautor?

Ich versuchte, die Katze anzulocken und zu streicheln, aber sie drehte sich um und ging zu Aljoscha. Frau Peichl stellte Sandkuchen auf den Tisch.

Viktoria sagte: »Charlotte hat behauptet, ich hätte ein komisches Talent. Findet ihr das auch?«

Wie beim Kuchen griff ich automatisch zu. »Coacht sie dich?«, fragte ich. »So, wie Zacharias dich gecoacht hat?«

»Charlotte ist ein Geschenk. Ich verehre sie. Ich lerne so unglaublich viel von ihr. Ihr glaubt gar nicht, wie ich mich auf die neuen *Futures* und all die Geschichten freue, die wir dann zusammen spielen. Das wird super. Vor allem, wenn ich wirklich diese Psycho-Nummer kriege mit Max, dieses Versteckspiel, das wird gruselig, das wird ganz toll.«

»Hast du Zacharias an dem Abend eigentlich gesehen?«

Kurz spürte ich Aljoschas Bein an meinem, aber ich achtete nicht darauf.

»Du meinst: an dem Abend, als er umgebracht wurde?« Viktoria sah mir in die Augen. »Wusstest du das gar nicht? Ich bin doch die Letzte, die ihn noch lebend gesehen hat! Außer dem Mörder, natürlich. Ist das nicht verrückt, dass immer mir solche Dinge passieren? Aber das war schon immer so, das sagen alle. Als Kinder spielen wir am Schnaitsee – wer fällt ins Wasser und ertrinkt fast? Ich! Ein Riesentheater war das. Dann als Schülerin: Wer darf die Molly in der *Mausefalle* spielen, obwohl alle sich darum prügeln? Ich! – Mama, weißt du noch? Und zum Abtanzball: Wer ist die Einzige, die rückenfrei kommt? Na?«

»Du!«, sagte Aljoscha, und zusammen lachten sie.

Wenn das die einschneidenden Erlebnisse im Leben von Viktoria Peichl waren, konnte ich verstehen, was sie empfunden haben musste, als Bärchens Pullover geklaut worden war.

Ich wollte fragen, was Zacharias ihr denn an dem letzten Abend im Studio, kurz vor seinem Tod, so alles beigebracht hatte, da sagte Viktoria: »Das ist Matthias, mein Freund!«

Der Typ mit den Aknenarben.

Er gab uns die Hand. Mit der Baumwollhose, dem offenen Hemd und dem Kettchen war er in dieser Umgebung ein bisschen overdressed. Er hatte sogar Gel im Haar.

Viktoria stieß ihn in die Seite. »Was meinst du, wollen wir die beiden nicht fragen, ob sie mitkommen?«

Matthias lächelte.

»In Pfäffing gibt es nämlich die beste Pizza. Habt ihr Lust? Danach wollen wir ins ›P1‹.«

Mir wurde es jetzt zu viel. Aljoscha, der mit der Katze spielte, der knorrige Birnbaum im Garten, Pizza in Pfäffing, die Wäscheleine, die frische Luft und die Sonne, die sich anschickte, malerisch hinter dem Hügel zu verschwinden. Weil Matthias nicht die Zähne auseinanderkriegte, stupste Viktoria ihn noch einmal: »Komm, wir machen eine Ausnahme.«

»Ausnahme?«, fragte ich.

»Ihr zwei gehört doch eigentlich gar nicht richtig zu ›SidL‹. Du bist ja immer bloß halbtags da und dein Freund überhaupt nie.« Viktoria strich Matthias mit dem Zeigefinger über die Nasenspitze, als würde sie einen Tupfer auftragen. »Wir haben nämlich eine Absprache«, erklärte sie. »›SidL‹ ist meine Sache. Aus allem, was mit der Serie zu tun hat, hält Matthias sich raus. Obwohl er meine Arbeit liebt und ›Trixi‹ toll findet. Ist doch so, oder?«

Matthias nickte.

Während Viktoria ihrem verblüfften Freund auseinandersetzte, was in meinem »Teilzeitjob« die einzige Aufgabe war, staunte ich, wie klug die beiden miteinander in ihrer Beziehung umgingen. Matthias betrachtete »SidL« nur durch die Fenster- und auf der Mattscheibe, und weil er bei allem außen vor war, gab es wahrscheinlich gar keine Konflikte.

Das wäre ja, als ob Aljoscha den Salon nicht betreten und

Bea nicht kennen würde. Dann würde er mir auch nicht am Empfang aushelfen. Klar, wir würden uns manche Streiterei ersparen. Aber der Salon, die Haare, das gehörte doch zu meinem Leben. Und Streit ist ein Ausdruck von Lebendigkeit.

»Seid ihr eigentlich schon lange zusammen?«, fragte ich.

»Matthias hat mich damals gerettet«, sagte Viktoria, und weil ich nicht schaltete: »Aus dem Schnaitsee.«

Das hieß wohl: Und seitdem sind wir ein Paar.

Aljoscha sagte: »Tomas, wir müssen los.«

»Matthias macht gerade ein Fernstudium«, erzählte Viktoria. »Umwelt- und Verfahrenstechnik.«

Ich fragte Matthias jetzt direkt: »Wohnst du auch hier?«

Er zeigte auf ein Haus am aufsteigenden Hügel. Auch so eines mit Holzscheiten unterm Balkon.

Im Rückspiegel sah ich die beiden im Gras stehen. Sie besetzten genau den Platz, auf dem ich geparkt hatte. Kurz bevor wir den Hügel hinauffuhren und sie mir aus dem Spiegel rutschten, legte Matthias seinen Arm um Viktoria.

Der Held vom Schnaitsee und die Frau mit dem komischen Talent. Vielleicht würde Viktoria ja wirklich eine Karriere beginnen, von der sie heute noch gar nicht zu träumen wagte. Vielleicht war diese Welt aus Sandkuchen, Primeln und frischer Wäsche nicht nur schön und duftend, sondern ganz stabil und der beste Rückhalt, den Viktoria sich in ihrem Gewerbe wünschen konnte. Und von meiner Seite war es reine Arroganz, immer gleich das Gegenteil beweisen zu wollen. Man könnte ja auch mal anerkennen, wie sich alles fügte: Charlotte würde sich eine Wohnung in der Nähe ihres Vaters suchen und dauerhaft in München sesshaft werden. Tina mit der alten Truppe und einem neuen Chefautor tolle Geschichten erfinden und Abend für Abend ein Millionenpublikum vor die Glotze zwingen. Und Jan-Joachim? Der würde schon nicht im Rollstuhl landen.

Aus den Wiesen stieg Nebel auf und wurde von der Abendsonne in ein blasses Rosa gefärbt. Es waren nur ein paar Sekunden, in denen die Erinnerung auftauchte. Das tote Gesicht des Chefautors. Das Hemd, das eng am Körper klebte, als hätte sich alles Gewebe mit blassrosa Farbe vollgesogen. Nur die Haare glänzten metallisch orange.

Mit der Sonne verschwanden die Farben. Es war kühl. Ich müsste wohl gleich noch mal halten und das Verdeck schließen.

16

Sechs Wochen nachdem der Chefautor Zacharias Rosendräger tot in der Wanne der Deko ›Badezimmer‹ aufgefunden worden war, hatte Tina im Alleingang entschieden, dass der Vertrag von Viktoria Peichl nicht verlängert würde. Viktoria musste am Ende des Halbjahres die Serie verlassen. Die Jüngste unter den Schauspielern war raus aus der Show.

Die Maßnahme war zuvor von den Redakteuren des Senders – die in solchen Fällen gefragt werden müssen – gebilligt und abgenommen worden. In den *Futures* las sich die Geschichte auf Seite elf unter der Zwischenüberschrift *Außer Kontrolle* folgendermaßen:

Eifersüchtig bemerkt Trixi, dass ihre Halbschwester Gloria immer mehr Zeit mit Max verbringt. Alkoholisiert, glaubt sie, die beiden in einer eindeutigen Situation zu beobachten.

Trixi fühlt sich von den Menschen hintergangen, die sie am meisten liebt, und fasst einen verhängnisvollen Plan: Um ihrer Schwester einen Denkzettel zu verpassen und Max zurückzugewinnen, manipuliert sie die Bremsen am Auto von Gloria. Sie ahnt nicht, dass Max in den Wagen steigt und einen schweren Unfall verursacht.

Zwischen Leben und Tod gesteht Max reumütig, dass er den Vater von Trixi und Gloria auf ebendiese Art ins Jenseits befördert hat. An den Rollstuhl gefesselt, stellt Max sich dem Gesetz. Gloria sieht, dass er ehrlich bereut. Sie vergibt ihm, besorgt ihm die besten Anwälte und versucht, ihm neuen Lebensmut zu geben. Trixi dagegen wird mit ihrer Schuld nicht fertig und zieht sich mehr und mehr zurück. Sie erkennt, dass sie der wachsenden Liebe von Gloria zu Max nicht im Weg stehen darf, und beschließt, nach Indien zu gehen, um in den Slums von Kalkutta ihre Schuld abzuarbeiten und einen neuen Lebenssinn zu finden.

Die Lektüre der restlichen *Futures* ergab: Viktoria war die einzige von den Schauspielern, die die Serie verlassen musste. Warum Viktoria, die noch gar nicht so lange dabei war und deren Sympathiewerte beim Publikum im Windschatten von Charlotte doch gestiegen waren? Warum traf es nicht Jan-Joachim oder sonst jemanden?

Tina sagte: »Die Figur ›Trixi‹ ist auserzählt. Wir brauchen frisches Blut.«

Bei den Kollegen im Team wurde die Neuigkeit eher gleichgültig aufgenommen. Jan-Joachim, zum Beispiel, meinte: »Ich habe hier schon so viele Leute kommen und gehen sehen. Soll ich da jedes Mal in Tränen ausbrechen?« Und Charlotte glaubte: »Über kurz oder lang wird Viktoria schon irgendwo anders unterkommen.«

Leise Kritik kam von der Chefmaskenbildnerin, die behauptete: »Zu Zacharias' Zeiten wäre so etwas ganz anders kommuniziert worden. Da hätte man in einem schönen

Restaurant ein schönes Essen veranstaltet. Es ist eben alles auch eine Frage des Stils.« Nur das Empfangsgirl sagte gar nichts. Es streckte die Arme in die Luft, als würde es auf den Handflächen zwei unsichtbare Tabletts balancieren, und diese Tabletts waren leer.

Wenigstens bei Viktoria rechnete ich mit Wut-, Tränen- und Verzweiflungsausbrüchen, die im Weiteren zu Beschimpfungen, Verleumdungen und gegenseitigen Schuldzuweisungen führen würden. Ich hoffte, bei all dem Porzellan, das nun zerschlagen werden würde, bräuchte ich nur die Scherben aufzusammeln, klug zusammenzufügen, und schon ergäbe sich ein astreines Muster und Motiv für den Mord an Zacharias Rosendräger.

Ich fragte Viktoria: »Bist du nicht total sauer, dass ›Trixi‹ einfach nach Kalkutta verschwindet?«

»Sauer? Nein.«

»Aber du bist doch dann weg vom Fenster!«

»Das Wichtigste ist doch: ›Trixi‹ lebt.«

Viktorias Antwort verblüffte mich. Dass die Kündigung das Ende ihrer schauspielerischen Karriere sein könnte – auf diese Idee kam sie wohl gar nicht.

Mich regte die Sache anscheinend am meisten auf. Auf Viktoria würden andere Schauspieler folgen, Verdächtige nacheinander abwandern, mit ihnen der Mörder von Zacharias Rosendräger, und ich konnte nichts tun.

Zu Hause warf ich die Schlüssel auf den Tisch. Sie landeten direkt auf Charlotte, dem Titelbild einer TV-Zeitschrift. Die Schlagzeile: »So ist das Leben – Charly weiß, wie es geht!« Ich drehte die Zeitung um. »Das war vielleicht ein Tag«, rief ich durch die Wohnung. »Gehen wir was essen?«

Auf dem Anrufbeantworter war Mutters Stimme: »Ruf mich bitte zurück«, sagte sie. »Wenn es geht, bald.«

Ich gehorchte.

Sie kam sofort zum Punkt. »Was ist los mit Christopher?«

Ich war froh über die Ablenkung. »Wieso?«, fragte ich und lehnte mich zurück. »Was soll mit ihm sein?«

»Daheim in München packt er Kisten, und hier bei mir soll Berg jetzt das obere Stockwerk ausmessen. So energisch kenne ich meinen Schwiegersohn überhaupt nicht. Aber wie man hört, schüttet er dir ja sein Herz aus. Weißt du, was es mit diesem plötzlichen Sinneswandel auf sich hat?«

»Nein«, log ich.

»Du hast selbst etwas damit zu tun, stimmt's? Hast du ihn mal ins Gebet genommen?«

»Was wollt ihr eigentlich?«, fragte ich. »Ihr habt doch immer gesagt: Christopher soll sich nicht querstellen und mitziehen, falls Regula sich entscheidet, die Firma zu übernehmen. Jetzt habt ihr ihn genau da, wo ihr ihn haben wolltet. Wo ist also das Problem? – Bist du noch dran?« Im Hintergrund hörte ich bei ihr den Fernseher. »Hallo?«

»Jetzt guck dir das an!«, sagte Mutter.

Ich seufzte und griff nach der Fernbedienung. »Hat es schon angefangen?«

MAX (schreit in den Telefonhörer):

Zwanzigtausend? Sagten Sie gerade: Zwan-zig-tausend? Sie machen Witze! Wir hatten vereinbart …

DER ANGESTELLTE GABRIEL KOMMT MIT EINER MAPPE. MAX WEDELT IHN VERÄRGERT WEG.

MAX (sauer):

Wie – die Situation hat sich geändert? Da kann ich doch nichts dafür!

MAX LEGT DIE HAND ÜBER DEN HÖRER:

Tür zu!

MAX ZWINGT SICH ZUR RUHE.

Hören Sie. Ich habe Unkosten. Der Umbau. Die Neueröffnung. Zwanzig Riesen! Im nächsten Monat, wenn ich aus Kapstadt zurück bin ... Wie? In drei Tagen? Ausgeschlossen! – Hallo? Hallo?

MAX KNALLT DEN HÖRER AUF:

Wichser!

»Jetzt sitzt er in der Klemme«, sagte Mutter und lachte.

Ich stellte den Ton leise.

»Wo waren wir stehengeblieben? Christopher. Du hast vollkommen recht, mein Junge. Ich freue mich ja auch, dass er sich nun endlich entschlossen hat, Regula zu unterstützen, obwohl er sie mit dem Tempo, das er plötzlich vorlegt, ganz schön unter Druck setzt. Das ist jedenfalls mein Eindruck. Und auch mich bringt er ein wenig in Zugzwang. Er scheint davon auszugehen, dass er mit der ganzen Bagage in der oberen Etage einzieht. Ich meine: So geht das nicht. Das sind Einschnitte, auch für Bergs. Findest du nicht, ich könnte ihnen das Gästehaus anbieten?«

»Den Bergs?«

»Regula. Den Seidleins.«

»Bisschen klein. Andererseits, gegen München...« Christopher zog wirklich alle Register. Als Nächstes würde er mit dem Vorschlag kommen, dass es doch praktisch wäre, wenn

Mutter ins Gästehaus zieht. Es lag ja auf der Hand, wäre aber eine Revolution und daher unvorstellbar. Ich würde mich nicht trauen, so etwas auch nur zu denken. Gut, dass alles nur ein grandioser Bluff war – vor einer Woche in meiner Küche ausgeheckt.

»Du«, rief Mutter. »Da kommt die Kleine!«

TRIXI DREHT SICH SEXY IN EINEM KLEID.

TRIXI (erwartungsvoll):

Und?

MAX STARRT DÜSTER VOR SICH HIN.

TRIXI (enttäuscht):

Du sagst ja gar nichts!

LÄCHELND FÄNGT SIE AN, IHM DEN NACKEN ZU MASSIEREN.

Schon besser?

MAX (mühsam beherrscht):

Hau ab!

TRIXI (irritiert):

Wie?

MAX (grob):

Schmeißt das Geld zum Fenster raus, und immer dieses Gesäusel, ich kann es nicht mehr hören. Verschwinde!

TRIXI RAFFT IHRE TÜTEN MIT DEN EINKÄUFEN ZUSAMMEN UND VERLÄSST GEPRÜGELT DEN RAUM.

MAX BETRACHTET DIE VISITENKARTE IN SEINEN HÄNDEN. DARAUF STEHT: ›GLORIA KRAMER‹.

ER LÄCHELT BÖSE.

»Jetzt, wo die Kleine ihm aus der Hand frisst, behandelt er sie wie Dreck«, sagte Mutter.

»Das Gästehaus«, hakte ich nach. Ich wollte wissen, ob sich da schon etwas zusammenbraute.

»Ich könnte meinen François bitten, einen Plan auszuarbeiten. Wir bauen das Häuschen um, bauen an, und alle sind zufrieden.«

»Bitte überstürz nichts mit Monsieur. Wer weiß ...«

»Keine Sorge, François ist nicht der Schnellste. So ist das bei uns Alten. Und bei dir?«

»Was?«

»Läuft alles?«

»Mit Aljoscha? Wir haben gerade eine phantastische Landpartie gemacht. Das Einzige, was mir Sorgen macht, ist, dass er überhaupt nicht darüber nachdenkt, was er in Zukunft machen will.«

»Warte mal. Jetzt kommt das Weib mit dieser schrecklichen Frisur ...«

GLORIA SITZT AM FENSTER UND ZEICHNET.

GLORIA (konzentriert):

Ich habe Karten für das Fußballspiel am Sonntag, wenn du magst. Howard hat mir abgesagt. Was meinst du?

TRIXI GIESST SICH EIN GROSSES GLAS WHISKY EIN.

GLORIA (das Gezeichnete prüfend):

Natürlich nur, wenn es für dich in Ordnung ist. Ich will nicht, dass du dich als Lückenbüßerin fühlst.

TRIXI TRINKT. TRÄNEN LAUFEN IHR DABEI DIE WANGEN HINUNTER.

GLORIA REISST IHR DAS GLAS AUS DER HAND.
GLORIA (wütend und entsetzt):
Schluss damit! Hör auf. Das ist doch keine Lösung!
TRIXI STÜRZT SICH WEINEND IN GLORIAS ARME.
GLORIA STREICHELT ERSCHROCKEN UND MITFÜHLEND ÜBER TRIXIS KOPF.
GLORIA (bitter):
Max – richtig? Hat er dir wieder weh getan?
WÄHREND TRIXI VON EINEM WEINKRAMPF GESCHÜTTELT WIRD, SCHAUT GLORIA FASSUNGSLOS IN DIE FERNE.
GLORIA (flüsternd):
Dieser Mistkerl. Ich bring ihn um.

Trompeten, Geigen, Abspann. Ich stellte den Apparat aus. Und meinte zu hören, wie Mutter seufzte.

»Was ist denn mit der Frisur von diesem Weib?«, fragte ich.

»Ich bitte dich: in ihrem Alter!« Schweigen. »Aber jetzt mal etwas anderes: Was, hast du gesagt, macht dir Sorgen?«

Mutters kleine Bemerkung zum Styling von Charlotte beschäftigte mich. Vor drei Monaten war ich angetreten, eine neue Idee für eine neue Hauptfigur zu kreieren. Und das Ergebnis?

Ich blickte nicht mehr durch. Die Seife machte mich blind. Nein, schlimmer: Ich war ein kleines Rädchen in Tinas Seifenproduktionsmaschine geworden.

Aljoscha legte seinen Arm um mich.

Ich sagte:

»Weißt du, das Tägliche, die Serie – das ist doch Zeitverschwendung und für meine Kreativität tödlich.«

»Wenn die Serie für jemanden tödlich war, dann für Zacharias Rosendräger«, antwortete Aljoscha.

17

Es war Samstag, der zweite Mai. In Nordschwabing gab es am Bonner Platz neben dem ›Wienerwald‹ seit heute ein zweites Highlight: Charlotte Auerbach in Haus Nummer vier. Ihr Einzug sollte gefeiert werden. Und vielleicht war es die letzte Gelegenheit, bei der die »SidL«-Familie noch einmal in alter Besetzung zusammenkam.

Jedes Mal, wenn einer der Schauschis im Flur an uns vorbeidrängelte, stieß Aljoscha mich an und raunte: »Das ist doch …!« Oder: »Ist das nicht …?«

Bea nippte am Champagner, musterte die Leute und machte einen Vorschlag: Wir sollten uns die Verdächtigen aus dem Umfeld des Toten vornehmen und unter uns aufteilen. Aljoscha sei für Viktoria Peichl zuständig, Bea selbst für Jan-Joachim Siel, und ich sollte mich um Tina Schmale kümmern.

Ausgerechnet Tina. »Wir waren doch schon zusammen auf dem Friedhof an Zacharias' Grab, haben im Englischen Garten über ihn geredet und im Büro.«

»Sie ist eine Schlüsselfigur«, sagte Bea. »Sei sensibel, stell raffinierte Fragen, und vertrau dabei auf die Hilfe des Alkohols. Der hat bis jetzt noch jedem die Zunge gelockert.«

Aljoscha stieß mich an: »Komm, das ziehen wir jetzt durch.«

Ich schnappte mir zwei Champagnergläser.

»Sekt?«, sagte Tina und schüttelte den Kopf. »Nicht heute. Danke.«

Mir war klar: Um einer ausgepressten Zitrone noch einen Tropfen abzugewinnen, bräuchte ich ein raffinierteres Werkzeug, am besten einen Impuls von außen. Aber hier im Raum würde sich wohl jeder hüten, der Aura der Chefin zu nahe zu kommen und zu riskieren, sich alkoholisiert danebenzubenehmen.

Bea und Aljoscha hatten es da von vornherein leichter. Sie waren die einzigen Gäste, die nicht zur »SidL«-Produktion gehörten, brauchten ihre Objekte nur ein wenig anzuhimmeln, und schon bekamen sie jede Menge Informationen geliefert. Aljoscha, bei Viktoria auf Posten, hielt die Gläser, damit sie die Hände frei hatte und ihm mit erhitzten Wangen etwas beschreiben konnte, vielleicht die Umgebung vom Schnaitsee. Und auch Bea brachte Jan-Joachim schon jetzt zu so lautem Lachen, dass nicht nur Charlotte auf die beiden aufmerksam wurde.

Ich dagegen musste mir anhören, was Tina und ihr Labrador auf der Hundeschule lernten. Ich zählte bis zehn, dann nahm ich die Brechstange: »Ist der Rausschmiss von Viktoria eigentlich so etwas wie eine späte Rache von dir?«, unterbrach ich.

Tinas Mund stand tatsächlich ein wenig offen, als ich fortfuhr: »Soll ich dir mal sagen, wie ich die ganze Sache sehe? Die Beziehung von Zacharias zu Viktoria, dass er angeblich ihr Lehrer war – ich glaube nicht an diesen Blödsinn. Sie hatten einen Deal, und dabei ging es um zwei Dinge: für Viktoria um ihre Karriere und für Zacharias um Sex.«

»Interessant!« Tina lachte, es klang etwas gezwungen.

»Ja, finde ich auch!«

»Tommy, die Zeiten, wo Machos wie Zacharias die Schauspielerinnen nach ihrem Aussehen ausgesucht haben, sind vorbei. Und jetzt würde ich gerne das Thema wechseln.« Demonstrativ schaute sie in eine andere Richtung.

Vielleicht wurmte es sie, dass ihr Chefautor sich Viktoria als Spielzeug gehalten hatte. Dass er Viktorias Bewunderung für seine Zwecke ausnutzte. Aber eigentlich konnte es Tina doch egal sein, sie hatte Zacharias die kalte Schulter gezeigt. Ich war mir ziemlich sicher: In dieser Konstellation von Viktoria, Zacharias und Tina könnte nicht nur der Schlüssel für Viktorias Kündigung liegen.

»Also gut«, sagte Tina. »Ich weiß nicht, was Viktoria und Zacharias miteinander getrieben haben, und es interessiert mich auch nicht. Ich kann unser Küken nicht ernst nehmen, weder als Frau noch als Schauspielerin mit ihren kleinen Allüren, ihrem pickeligen Chauffeur und diesem albernen Teddy. Und: Ja. Ich bin froh, wenn ich Viktoria Peichl los bin. Sie nervt, sie spielt schlecht, und wenn sie bei alldem wenigstens eine Eigenschaft hätte – aber sie schafft es ja nicht einmal, pünktlich zu sein!« Tina goss sich ein Glas Wasser ein.

Schweigend beobachteten wir, wie Viktoria und Aljoscha tanzten. Die gekündigte Jungschauspielerin aus Oberbayern und der gekündigte Nachwuchsgalerist aus Moskau lieferten eine Sorglos-Performance.

Ich fragte: »Sag mal, wie heißt noch mal dein Labrador, von dem du eben erzählt hast?«

»Tommy«, sagte Tina.

»Ehrlich?«

»Lass uns tanzen.«

In diesem Moment hörte die Musik auf.

Charlotte stand mitten im Raum. Ihre Augen und ihr Schmuck glitzerten.

Das Übliche: Sie dankte, bezeichnete die »SidL«-Kollegen als zweite Familie und erinnerte daran, wie alles seinen Anfang genommen hatte, an jenem zehnten Februar »im Frisörsalon bei unserem Tommy«. Warum ausgerechnet an dieser Stelle so viele Lacher waren, verstand ich nun wirklich nicht.

Sie wartete ab, bis es ganz still geworden war, dann erzählte sie. Wie sie der Bitte ihres Vaters folgte und sich Anfang Februar von Los Angeles auf den Weg über den großen Teich nach München machte, weil die Mutter im Sterben lag. Lange Flugstunden waren das, eine Reise zurück in die Vergangenheit. Als sie deutschen Boden betrat, war sie angekommen in der Gegenwart, aber leider zu spät. Die Mutter war schon tot.

Es war ein stiller Moment, in dem wir alle mit halbleeren Gläsern in Händen einer Verstorbenen gedachten und überhaupt des Todes und des Lebens, wie es so spielt. Ich bemerkte, dass Charlottes Stimme ein wenig flatterte, dass nicht nur mir, sondern auch den Umstehenden die Geschichte naheging und dass Bea unauffällig versuchte, sich zu mir durchzuboxen.

Charlotte war bei dem kleinen Happyend angelangt, der Versöhnung mit dem Vater, nach drei Jahrzehnten der Funkstille, weil sie damals nach Amerika abgehauen war, und Bea flüsterte mir ins Ohr: »Jan-Joachim hat alle ›SidL‹-

Folgen auf DVD. Stell dir das mal vor: 5000 Folgen. Wenn ich wolle, würde er sie mir zeigen.«

Dahinten lehnte er an der Wand und ließ Bea nicht aus den Augen. Ich war mir nicht sicher, wie weit Bea bei ihren Ermittlungen gehen würde.

»Er ist Schütze«, flüsterte Bea. »ein Abenteurer und leidenschaftlicher Sammler. Aber er ist so klein. Schau ihn dir an. All diese Fernsehleute sind so ...«

»Pssst«, zischte jemand.

Charlotte war dabei, ihren Erfolg als Schauspielerin bei ›SidL‹ nach Kräften auf eine höhere Ebene zu heben. Gedankenverloren formulierte sie die Frage, ob nicht die Versöhnung mit dem Vater bei allem das größte Geschenk wäre. Die Antwort: stummes Nicken reihum und hier und da vielleicht sogar eine kleine Träne in dem einen oder anderen Augenwinkel. In diesem Moment erhob sich ein Stimmchen.

Viktoria verhaspelte sich vor dem Wandteppich, so dass zunächst gar nicht zu verstehen war, was sie denn eigentlich sagen wollte. In Charlottes Gesicht gefror der Ausdruck von Weisheit und Wärme zu einer unschönen Maske.

Ungefragt, behindert nur von einem CD-Ständer, breitete Viktoria mit weit ausholenden Bewegungen ihre Bewunderung für Charlotte aus, und die war grenzenlos: Charlottes schauspielerisches Talent, ihre Schönheit, Herzenswärme, Wohnung ... Die Versuche der Umstehenden, sie mit einem Lächeln, einer Geste oder einem Räuspern zu stoppen, waren vielleicht zu zaghaft. Viktoria wollte klarstellen, dass sie dazugehörte, dass ihre Kündigung und der Ausschluss aus der »SidL«-Familie ein Irrtum und großer Fehler war. Sie sah Tina fest in die Augen, als sie rief: »Danke, Charlotte, auch dafür, dass du erkannt hast, was außer dir nur Zacharias erkannt hat: Mein besonderes Talent ...«

Musik donnerte los. Alle schrien auf. Charlottes Hit von damals, als sie noch »Charly« hieß: »Die Bakterien haben Ferien.« Charlotte ließ es sich nicht nehmen, lustig das Playback zu machen. Wie sie sich zwischen Tina, Jan-Joachim und all den Tanzenden wiegte, konnte sie die Augen schließen und sicher sein, dass sie der Mittelpunkt, der Star war. Charlotte war glücklich.

Und Viktoria? Sie stand allein da. Nach dem Schock der Kündigung hatte sie endlich reagiert, damit jedoch ihren endgültigen Untergang in der »SidL«-Welt besiegelt. In dieser Situation bewies sie zum ersten Mal so etwas wie Instinkt: Sie verließ den Raum. Aljoscha nickte mir zu und ging ihr hinterher.

Ein Mensch bekam von alldem nichts mit. Ich entdeckte ihn, als ich auf dem Weg zum Taxistand war und von irgendwoher Musik hörte – keinen dieser alten Schlager, sondern das dumpfe Hämmern der Bässe. Die Technoparty fand hinter den Scheiben eines geparkten Autos statt. Das Gesicht mit den Aknenarben schimmerte bläulich. Matthias spielte ein Computerspiel. Er hatte keine Ahnung, dass Viktoria sich in diesem Moment irgendwo von Aljoscha trösten ließ und er hier schon lange auf verlorenem Posten saß. Ich überlegte, ob es nicht fair wäre, den Sitzengelassenen über die neuen Entwicklungen zu informieren.

Er schaute hoch, als wäre mein Gedanke von irgendwoher als Stimme zu ihm gedrungen – dann erlosch im Auto das Licht. Matthias machte sich unsichtbar. Die Nachrichten aus der »SidL«-Welt – vielleicht wollte er sie gar nicht wissen.

18

Es ist ja nicht nur der Ansatz, der durch das Lifting um gut zwei Zentimeter nach oben rutscht und bewirkt, dass das Haar an den Seiten merkwürdig absteht. Hier fehlte einfach alles: das Haupthaar für den weichen Fall, das Stützhaar für den Aufbau von Gewicht, das ganze Material, ohne das selbst ich aufgeschmissen bin und bei meiner Zauberei an Grenzen stoße. Aber wen interessierte das? Mit nagelneuen Brüsten und einem Leoparden-Outfit forderte diese Kundin – ihr Name tut nichts zur Sache – eine Löwenmähne, als wäre meine Schere ein Skalpell und Prominenz eine Eigenschaft, mit der sich alle Defizite wettmachen lassen.

Ich befühlte ratlos das dünne Haar und sagte: »Ich verstehe, was du meinst.« Blickkontakt, lächeln: »Lass mich einfach machen.«

Ich zerschnitt die Spitzen und holte mit einem Maximum an Fransen so viel Volumen wie möglich heraus. Gleichzeitig schuf ich vorne eine glatte, kompakte Linie, eine schöne ›Deko‹ sozusagen, mit der ich eine mondäne Fülle vorgaukelte, die dahinter gar nicht existierte.

Ich arbeitete mit Controlpaste und dem Organic Flex Seed nach. Aljoscha rauchte vor der Tür in der Sonne eine Zigarette.

Spät war es gestern geworden bei seinem Einsatz mit

Viktoria. Dass ausgerechnet er so viel Verständnis für Viktoria aufbrachte, war gar nicht weiter verwunderlich. Er konnte sich so hervorragend in sie hineinversetzen, weil er selbst in einer ganz ähnlichen Situation steckte.

Mir kam es vor, als ob Viktoria sich an die kleine Hoffnung klammerte, früher oder später in die Serie zurückzukehren. Wenn ›Trixi‹ nicht tot war, bestand doch immer noch die Möglichkeit, dass ›Trixi‹ eines Tages aus Kalkutta und Viktoria zurück in die tägliche Serie kam. Und ebenso schien auch Aljoscha einfach nur abzuwarten, bis die Dinge sich von allein regelten. Irgendwann würde die Wirtschaftskrise schon vorübergehen und seine ehemalige Chefin ihn zurück an seinen alten Platz in die Galerie bitten.

Aljoscha hatte behauptet, das sei Quatsch, und ich wollte deswegen nicht streiten. Was ich ihm dagegen vorhielt, war die Tatsache, dass er nach der Party die Gelegenheit hatte ungenutzt verstreichen lassen, etwas über Viktorias Verhältnis zu Zacharias Rosendräger zu erfahren. Stattdessen hatte er sich an irgendeiner Currywurstbude von Viktoria über Russland ausfragen lassen und war auch noch stolz, dass es ihm gelungen sei, das eine oder andere Vorurteil über Russland bei ihr auszuräumen. Dass Viktoria vielleicht nur von ihrer Person ablenken wollte, sah Aljoscha nicht so.

Dann, kurz vor Feierabend, der Anruf von Tina: »Tommy, du musst mir helfen. Schon wieder Viktoria. Eine Krise …«

Die Kurzfassung: Viktoria hatte sich mit dem aktuellen Drehbuch in ihrer Garderobe eingeschlossen. Sie sei außer sich. Ja, gab Tina zu, eine bestimmte Szene sei heikel, und es war versäumt worden, Viktoria darauf vorzubereiten.

Tina seufzte. »Es ist ihre letzte große Geschichte, bevor ›Trixi‹ auf Nimmerwiedersehen aus der Serie verschwindet.«

Ich sagte: »Dürfte ich jetzt bitte mal erfahren, um was für eine Szene es hier geht, und vor allem, was ich mit der ganzen Sache zu tun habe?«

Fünf Minuten später kam die Drehbuchseite aus meinem Faxgerät gekrochen.

Ich las.

TRIXI BETRACHTET SICH MIT STARRER MIENE IM SPIEGEL. SIE ERINNERT SICH.

– RÜCKBLICK/EINBLENDUNG –

TRIXI (um Fassung bemüht):

Stimmt es?

MAX (heiter):

Dass deine Schwester mich zum Pferderennen begleitet?

TRIXI IST WIE GELÄHMT.

MAX (genüsslich):

Oder dass sie mir zehn Riesen leiht?

MAX STECKT SICH EINE BLUME INS KNOPFLOCH.

Gloria ist eine tolle Frau. Sie hat Eleganz. Klasse. Stil. Und Humor.

ER SCHAUT AUF TRIXI, DIE WIE EIN HÄUFCHEN ELEND VOR IHM STEHT.

MAX (voller Verachtung):

Sie hat alles, was du nicht hast. – Mein Gott, wenn du dich sehen könntest. Du bist – nichts.

MAX GEHT.
– RÜCKBLICK/AUSBLENDUNG –
TRIXI SCHAUT VOLLER SELBSTHASS IN DEN SPIEGEL. WIE FERNGESTEUERT GREIFT SIE NACH EINER SCHERE UND FÄNGT AN, SICH LANGSAM DIE HAARE ABZUSCHNEIDEN.

Ich ahnte, welche Rolle Tina mir zugedacht hatte: Viktoria den Verlust der Haare als Gewinn, wenn möglich als Sechser im Lotto verkaufen.

Tina stellte sich das so vor: Die Besprechung – nur Viktoria und ich – findet im Salon statt und bringt folgendes Ergebnis: Viktoria erklärt sich einverstanden, für ihre Rolle als ›Trixi‹ ihre langen Haare zu opfern. Aber nach einer bestimmten Anzahl von Drehtagen mit verschnittenem Haar bekommt ›Trixi‹ ein Bonbon: ein Styling von Starfrisör Tomas Prinz.

»Kriegst du das hin, sie zu überzeugen?«, fragte Tina.

»Mal schauen. Aber was ist, wenn Viktoria stur bleibt und die Typveränderung nicht will?«

»Dann bin ich sauer, weil wir eine starke Geschichte verschenken«, antwortete Tina. »Und das will niemand.«

Am Donnerstag, dem siebten Mai, wurde Viktoria Peichl um Punkt neun Uhr vorgefahren. Sie setzte den Fuß auf den Gehweg, drehte sich mit Sonnenbrille im Haar hierhin und dorthin, als präsentiere sie sich auf rotem Teppich dem Blitzlichtgewitter der Fotografen, dabei war da nur der alte Hoffmann aus dem dritten Stock mit seinem Rollwägelchen. Er wollte durch zum Einkaufen.

Trotzdem konnte Viktoria sich über zu wenig Aufmerksamkeit nicht beschweren. Aljoscha begrüßte sie, ganz münchnerisch, rechts und links mit Küsschen. Die Angestellten lächelten mit jener diskreten Freundlichkeit, mit der man auch dem Semipromi gelassen signalisiert, dass man im Bilde ist, während Bea mit dem Sound schneller, kleiner Schritte herbeistöckelte, so dass auch ohne viele Worte klar war: Dieser Termin und diese Frau sind wichtig.

Ich setzte Viktoria vor den Spiegel, Aljoscha servierte ihr Kaffee, und Bea sagte: »Du bist im Sternzeichen Krebs geboren, habe ich recht?«

Viktoria klapperte mit den Augendeckeln. »Ja. – Warum?«

Wir scannten Viktoria jeder auf seine Weise. Ich nahm ihr Haar in Augenschein. Mehr als schulterlang, einigermaßen kräftig, ziemlich trocken und in den Enden etwas Spliss. Mittelscheitel brav, Stufungen unentschlossen.

»Aszendent?«, fragte Bea.

»Jungfrau.«

Auch Viktorias Gesicht – auf charmante Weise nicht perfekt: die Nase ein wenig zu kurz und ein bisschen zu breit. Der Mund sehr klein, aber hübsch geformt. War er halb geöffnet, so wie jetzt, verschwand auch der immer etwas beleidigte Ausdruck darauf. Nein, sie sah sehr niedlich aus, wie sie Bea zuhörte und ihr jetzt die kleine, wahrscheinlich verschwitzte Hand hinstreckte. Je biegsamer die Fingerkuppen, desto größer die Flexibilität, heißt es in der Chirologie. Bea hat ein Gespür dafür, wer von den Kunden auf ihren Hokuspokus anspringt.

Vielleicht hätte ich selbst viel weniger Worte machen

müssen. Normalerweise reichen drei Sätze: einer zur Länge, einer zum Volumen und einer zum Pony. Aber diese Situation hier war nicht normal. Wie bringt man einer Schauspielerin bei, dass sie für eine Rolle ihren Typ verändern muss, obwohl sie zu diesem Zeitpunkt schon die Kündigung in der Tasche hat?

Ich sagte: »Du hast eine tolle Kopfform.«

»Findest du?« Viktoria drehte überrascht den Kopf.

»Aber schau mal, wie dir die Haare ins Gesicht fallen. Damit verdeckst du nicht nur den sagenhaften Schwung, den deine Augenbrauen haben. Das fokussiert den Blick automatisch auf die Nase, was in deinem Fall gar nicht nötig ist.«

Viktoria fasste nach einer ihrer Strähnen und fragte: »Du meinst, hier vorne alles ab?«

Bea schüttelte lächelnd den Kopf, und ich sagte: »Ich würde es ruhig ein wenig in die Stirn ziehen und asymmetrisch schneiden. Und wenn wir hier mit der Stufung auf Ohrenhöhe beginnen, können wir gleichzeitig ein paar Proportionen ausbalancieren. Hast du die Haare eigentlich jemals anders getragen? – Dachte ich mir.«

»Der Mittelscheitel …«, sagte Bea.

»Dein Gesicht ist sehr schön, aber warum das Eckige so betonen? Ich schlage vor, den Scheitel etwas hier herüber zu verlegen, wenn wir insgesamt das Gewicht verlagern.«

»Fransen?«, fragte Bea.

Ich schüttelte den Kopf. »Geo-Cut. Und mehr Glanz. Wir brauchen unbedingt mehr Glanz.«

Natürlich ging ich davon aus, dass Viktoria mit meinen Vorschlägen nicht nur einverstanden, sondern auch glücklich sein würde. Aber Viktoria sagte: »Nein.«

»Wie?«

»Meine Haare sollen bleiben, wie sie sind.«

Ich war sauer, weil sie offensichtlich von Anfang an den Plan gehabt hatte, uns alle miteinander auflaufen zu lassen. Wir stellten ihr unsere Zeit und unser Know-how zur Verfügung, und sie genoss jetzt das kleine bisschen Macht, das ihr plötzlich zur Verfügung stand, nachdem man sie immer wieder übergangen, nie ernst genommen und sich sogar über sie lustig gemacht hatte.

»Ich respektiere deine Entscheidung«, sagte ich, als wir draußen auf das Taxi warteten. »Es ist dein gutes Recht und völlig in Ordnung. Du verschenkst nur eine interessante Erfahrung und eine tolle Möglichkeit.«

Viktoria strich sich die Haare hinters Ohr – eine Geste, die selbstbewusst ausdrücken sollte: Erfahrungen? Möglichkeiten? Hab ich genug.

»Du könntest mit den kurzen Haaren neue Seiten an dir entdecken und ganz anders auftreten. Du könntest selbstbewusster werden – als Frau und als Schauspielerin.«

Viktoria setzte ein Lächeln auf, eine polierte Oberfläche, an der jedes meiner Worte abperlte, und sagte: »Ich will, dass der Zuschauer ›Trixi‹ so in Erinnerung behält, wie sie war und wie wir sie mit Zacharias entwickelt haben.«

»Mir geht es weder um ›Trixi‹ noch um Zacharias. ›Trixi‹ ist eine Rolle, und Zacharias ist tot. Mir geht es um dich und deine Haare.«

»Zacharias war der Einzige, der ›Trixi‹ wirklich gemocht hat. Da könnt ihr – Tina, du und all die anderen – so viel reden, wie ihr wollt. Ihr könnt sie mir nicht kaputtmachen.«

»Es ist unglaublich, wie du die Zeit mit Zacharias verklärst. Dabei war er in Wirklichkeit alles andere als begeistert von dir. Ich habe es doch selber mitbekommen, an Charlottes erstem Drehtag in der Kantine, als er auf deine Kosten Witze gerissen hat.«

Viktoria schaute auf ihre Armbanduhr.

»Nur hat sich Zacharias bei dir verrechnet. Du hast weder als Schauspielerin noch als Frau erfüllt, was er sich von dir versprochen hat. Er wollte endlich eine Gegenleistung dafür, dass er ständig Zeit mit dir vertut. – Aber weißt du was? Mich interessiert etwas ganz anderes.«

Ausgerechnet jetzt fuhr das Taxi vor. Rasch schob ich hinterher: »Mich interessiert, was Matthias mit der ganzen Sache zu tun hat.«

Viktoria machte ganz schnell die Tür auf, wollte rein und weg, aber das verhinderte ich. »Matthias war an jenem Sonntagabend doch bestimmt auf dem Gelände und hat wieder auf dich gewartet. Vielleicht wurde er unruhig, weil eure Proben so lange gedauert haben. Vielleicht war er eifersüchtig und wollte mal checken, was da drin bei euch los ist.«

Viktoria wich meinem Blick aus. »Ich muss los.«

»Kann es sein, dass Zacharias dir an jenem Sonntag bei der Probe gesagt hat, dass du es nicht bringst und dass er enttäuscht von dir ist? Oder wurde er vielleicht zudringlich?«

»Wovon redest du?«

»Du bist rausgelaufen auf den Parkplatz, warst in Panik und in Tränen aufgelöst. So hat Matthias dich noch nie gesehen.«

Viktoria lachte laut.

»Er ist rein zu Zacharias ins Studio. Hat er dir danach erzählt, was dort passiert ist? Oder hast du es erst am nächsten Tag von der Polizei erfahren?«

Viktoria machte sich los. Ich hatte gar nicht bemerkt, dass ich sie festhielt. Sie sagte: »Nichts war zwischen Zacharias und mir. Das ist die Wahrheit, aber die will ja niemand hören.«

Das Taxi bog mit ihr um die Ecke in die Müllerstraße und verschwand.

Aljoscha stand in der Tür vor dem Salon, zündete sich eine Zigarette an und pustete Rauch in die Luft. »Ich bin mit Viktoria völlig einer Meinung: Mit langen Haaren sieht sie einfach besser aus.«

19

Der alte Herr Auerbach setzte den Läufer von B-drei nach D-fünf und kassierte den Turm. Christopher starrte auf das Schachbrett, faltete die Hände wie zum Gebet und stützte das Kinn darauf. Sein Gegner bewegte derweil den Schluck Rotwein im Mund herum, genoss den Tropfen und die Tatsache, dass er der Partie vielleicht soeben eine Wendung zu seinen Gunsten gegeben hatte.

Bei diesem Spiel kannte ich mich nicht aus. Meine Spezialität war eher der zwischenmenschliche Bereich. Darum hatte ich Christopher ja auch die Strategie beim Spiel mit Regula eingeflüstert: heraustreten aus der Rolle des nörgelnden Ehemannes und Schwiegersohns, der nicht nach Zürich gehen will, und stattdessen den Umzug forcieren.

Kopfschüttelnd schaute Christopher auf das übersichtliche Feld mit den unübersichtlich angeordneten Schachfiguren.

Seinen Teil des Plans hatte er sauber durchgeführt und bei den Umzugsvorbereitungen kräftig auf die Tube gedrückt. Aber ob Regula ihren Entschluss überdenken und endlich die Notbremse ziehen würde, war immer noch völlig offen. In weniger als zwei Wochen sollte nun der Familienrat zusammentreten. Der einzige Tagesordnungspunkt: Will Regula, oder will sie nicht?

»Komm vorbei«, hatte Christopher am Telefon gesagt. Er wollte mir seine Einschätzung geben. Die Kinder würden im Bett sein, Regula war in Zürich, und wir hätten Zeit, uns in Ruhe auf die Sitzung vorzubereiten und unser Verhalten miteinander abzusprechen.

Herr Auerbach bückte sich nach einer Tüte. Sein silbernes Haar war voller als das von Christopher, der gut dreißig Jahre jünger war.

Ich sagte: »Tut mir leid, dass ich Sie vertreibe.«

Herr Auerbach lächelte.

Christopher legte ihm noch einen flachen Karton auf den Arm. So bepackt drehte Herr Auerbach sich plötzlich zu mir um. »Sie sind der Frisör«, sagte er.

»Richtig.«

»Vor ein paar Wochen haben wir doch einmal kurz miteinander telefoniert.«

»Stimmt. Wegen Charlottes Drehplan, glaube ich.«

Christopher knipste im Treppenhaus das Licht an.

Herr Auerbach nahm umständlich die Tüte von der rechten in die linke Hand und den Karton vom linken auf den rechten Arm. »Dann sehen Sie meine Tochter doch beinahe jeden Tag.«

»Allerdings.«

»Dürfte ich Sie da etwas fragen? Kennen Sie den jungen Mann, mit dem Charly seit geraumer Zeit verkehrt?«

Mein Gott, die Affäre mit dem Komparsen. Ich hatte es fast schon vergessen. »Das sind Gerüchte, Herr Auerbach.«

»Sie meinen, es ist gar nichts Ernstes?«

»Mit Lukas? Wie viel da wirklich dran ist, kann ich Ihnen leider auch nicht sagen.«

Hände schütteln mit Tüte und Karton ging nicht. Stufe für Stufe stieg der alte Mann die Treppe hinab.

Christopher balancierte das Brett mit den Schachfiguren nach oben auf den Schrank und sagte: »Wie Opa Auerbach sich immer ausdrückt: ›Der junge Mann, mit dem Charly seit geraumer Zeit verkehrt.‹ Das muss ich mir merken.« Er stellte ein Glas für mich hin. Wir prosteten uns zu.

»Wie sieht es denn jetzt aus?«, fragte ich.

»Es ist abgemacht.«

»Was?«

»Regula, die Kinder und ich – wir gehen alle nach Zürich. Deine Schwester übernimmt den Laden. In den Sommerferien ist es so weit.«

Annas Einschulung in Küsnacht. Umbau des Gästehauses. Meine geniale Idee – Umzug forcieren, um Regula von dem Plan abzubringen – war voll nach hinten losgegangen. Christopher entwickelte jetzt sogar die Vision, dass eines der Kinder – er sagte: »Oder auch alle beide« – den Betrieb übernehmen würde. Nie hätte ich damit gerechnet, dass ausgerechnet Christopher umfallen und ins Zürich-Lager wechseln würde. Es war albern, aber mir kam das Wort ›Verrat‹ in den Sinn. Ich trank aus.

Ich konnte es ja auch mal positiv sehen: Eine Ehe war gerettet, und eine Firmentradition wurde fortgesetzt. Eine alte Dame würde ins Familienleben eingebunden, ein altes Hausmeister-Ehepaar auf Trab gebracht und eine alte Villa am Zürichsee mit neuem Leben erfüllt werden. Ein Lebensabschnitt war zu Ende, etwas Neues begann. In Zukunft würde es mich wohl öfter nach Zürich als nach Nord-Schwabing verschlagen.

Wir verabschiedeten uns voneinander mit Handschlag, sehr förmlich, nach allem, was war, und das fand Christopher wohl auch, darum umarmten wir uns jetzt doch und klopften uns dabei komisch auf den Rücken.

»Man sieht sich in Zürich.«

Das Laternenlicht spiegelte sich auf dem nassen Pflaster. Ein kräftiger Schauer hatte in der Karl-Theodor-Straße das Ende der Kirschblüte eingeläutet, die Blütenblätter von den Bäumen geholt und als rosafarbenen Matsch in den Rinnstein gespült.

Der Mann mit dem Regenschirm unterm Arm und einem Mantel, bis oben hin zugeknöpft, kam mir direkt entgegen. Es war Herr Auerbach. »Sie gehen zur U-Bahn?«, fragte er. »Dann begleite ich Sie ein Stück.«

»Kein Problem«, sagte ich. »Haben Sie die ganze Zeit auf mich gewartet?«

»Ich muss Sie etwas fragen.«

Wir spazierten nebeneinanderher.

»Charlotte und ich«, begann er, »wir gehen noch sehr behutsam miteinander um. Nachdem wir uns damals viele hässliche Dinge an den Kopf geworfen haben, dann jahrelang gar nichts mehr voneinander hörten, ist das mehr, als ich jemals zu hoffen gewagt hätte.« Er sah mich von der Seite an. »Daran sind Sie nicht ganz unschuldig.«

»Wieso?«

»Ich hätte Charly in Unterföhring keine Türen mehr öffnen können. Dafür bin ich zu lange raus aus dem Geschäft.«

»Sie überschätzen meinen Einfluss. Charlotte ist nur zufällig in meinem Salon der Producerin begegnet, den Rest hat sie dann ganz allein gemacht.«

Er ging jetzt langsamer. »Jedenfalls war ich sehr glücklich, als Charly den Vertrag unterschrieben hat. Und noch mehr, als sie mir jetzt erzählte, sie habe da einen Menschen kennengelernt. Sie hat sich verliebt. Das bedeutet, sie schlägt hier wieder Wurzeln. Das hoffe ich jedenfalls.«

»Herr Auerbach, worum geht es?«

Er blieb stehen. »Charly hat mir gegenüber nie einen Lukas erwähnt. Wer soll das sein?«

»Ich glaube, wenn Charlotte Ihnen nichts von Lukas Schmidt-Denninger erzählt, dann nur, weil der Flirt mit ihm nichts zu bedeuten hat.«

»Charly sprach von einem Herrn Siel.«

»Jan-Joachim?«

»Sie sagte: ›Daddy, we are dating.‹«

Charlotte und Jan-Joachim. Der Star der Serie und der Dienstälteste. Schon zum zweiten Mal an diesem Abend erfuhr ich von einer Entwicklung, die komplett an mir vorbeigegangen war.

»Sie sagen nichts?«, fragte Herr Auerbach.

»Ich bin überrascht.«

Herr Auerbach sah mich mit seinen hellen Augen an. »Was halten Sie von dem Mann? Kann man ihm vertrauen?«

Ich dachte an Beas Worte. Jan-Joachim, der Schütze. Der Abenteurer und leidenschaftliche Sammler, der Mann mit 5000 »SidL«-Folgen auf DVD.

Ich sagte: »Ich habe von Jan-Joachim kein klares Bild.«

In Wahrheit hatte ich den Mann bisher überhaupt nicht auf dem Schirm gehabt.

20

Viktoria guckte in die Kamera wie in einen Spiegel und benutzte die Schere wie ein Messer. Grob säbelte sie ihr Haar auf teilweise weniger als drei Zentimeter herunter. Wahllos nahm sie Passé für Passé zwischen die Finger und schnitt ab, sie zerstörte und verstümmelte und machte aus einem seidenweichen Material ein wüstes Stoppelfeld.

Verblüfft verfolgte ich die Szene über den Studiokanal.

»Danke, Tommy«, sagte Tina. »Wirklich toll, wie du das mit Viktoria wieder hingekriegt hast!«

Bestimmt bin ich als Frisör beim Thema Haare besonders sensibel, aber mir war sofort klar: Diese Geschichte ist groß, echt und authentisch. ›Trixi‹ und Viktoria verschmolzen in dieser Szene zu einer Person. Hier stellte jemand in seinem Leben die Weichen neu. Szene siebzehn in Folge 5063 war eine Sternstunde der Daily Soap.

»Sternstunde?« Tina suchte etwas auf ihrem Schreibtisch. »Interessant. Ich glaube eher, wir müssen da kräftig hupen.« Große Gefühle in der Daily Soap, behauptete Tina, würden beim Zuschauer vor allem mit großem Orchester erzeugt.

Der Assistent servierte Kaffee mit Keks. Und noch ein Keks. Warum zwei? Die Tür schloss er geräuschlos hinter sich. Tina stellte den Studiokanal stumm.

Die Situation war plötzlich feierlich. Tina mit dem Drehbuch sah aus, als ob sie mir eine Urkunde überreichen wollte. Sie suchte nach Worten.

Ich sagte: »Wusstest du eigentlich, dass Charlotte und Jan-Joachim jetzt angeblich ein Paar sind?«

»Wie?«

»Deshalb hatte Jan-Joachim auch plötzlich nichts mehr gegen seine Rollstuhl-*Future* einzuwenden. Jede Menge Szenen mit Charlotte, verstehst du?«

Tina legte das Drehbuch vor mir ab. »Tommy«, fing sie an. »So viel hast du schon für uns getan. Wahre Wunder hast du vollbracht, und ich rede hier nicht nur von Charlottes Haaren.«

Ich begann automatisch, in den Seiten zu blättern, und sagte: »Aber dass die beiden in der Kantine nie am selben Tisch sitzen, finde ich ein bisschen albern.«

»Folge 5068, Szene zwölf«, antwortete Tina.

»Was ist damit?«

»Dein Gastauftritt.«

»Machst du Witze?«

»Starfrisör Tomas Prinz trifft ›Trixi‹ und sagt zu ihr: ›Ich mach dich schön.‹«

»Auf keinen Fall.« Ich legte das Buch zurück auf ihren Tisch.

»Überleg dir etwas Hübsches, jetzt, wo sie sich so ins Zeug gelegt hat. Das muss ja irgendwie wieder in Ordnung gebracht werden.«

»Ich fürchte, da ist mal die Kollegin dran.«

»Du willst kneifen?«

»Ich bin für Charlotte zuständig. Das reicht mir. Ich

brauche diese Profilierung nicht. Weder vor noch hinter der Kamera.«

Kurz darauf ging ich mit dem Drehbuch in der Tasche den Flur hinunter. Da hingen die Serien-Highlights, die rußgeschwärzten Gesichter und die Nackten mit viel Schaum. Johannes Beyerle als sonnenverbrannter Hippie auf einer Harley, noch ganz jung. Und bald würde hier wohl auch Viktoria in einem schmalen Goldrahmen hängen, und das Einzige, woran man sich später bei ihr erinnern würde, wäre die Haare-ab-Szene.

»Tommy!« Viktoria trug eine goldene Schirmmütze auf dem Kopf und den Teddy im Arm. »Ich wollte mich bedanken.«

»Wofür? Du hast deinen Kopf ganz allein hingehalten, und du hast die Szene großartig gespielt«, sagte ich. »Das war das Beste, was ich bisher von dir gesehen habe. Stimmt nicht: Was ich überhaupt bei ›SidL‹ gesehen habe!«

»Spinner. Aber Charlotte war auch begeistert und meinte: ›I loved it!‹ Von den anderen hat niemand etwas gesagt. Nicht ein Wort.«

»Typisch. Wo ist Charlotte eigentlich? Ich habe sie oben gesucht, aber …«

»Schon weg.«

»Und Jan-Joachim?«

»Ebenfalls. Wie immer fünf Minuten nach ihr.« Sie zog die Mütze vom Kopf. »Und was machen wir damit? Hast du schon eine Idee?«

Vokuhila hätte ich für ›Trixi‹ toll gefunden, aber an einen solchen Spaß war nun nicht mehr zu denken. Kurze Zöpfe und Knoten – South-American-Style – wären neben dem klassischen Bürstenhaarschnitt das einzig noch Machbare. Oder die ganz radikale Lösung.

»Ein paar Tage haben wir ja noch Zeit. Ich bin jedenfalls zu allem bereit«, sagte Viktoria.

»Zu allem? Bist du dir sicher?«

Viktoria betrachtete ihren Teddybären. Plötzlich hatte ich das Stofftier im Arm.

»Warte!«, rief ich Viktoria hinterher. »So war das nicht gemeint. Das kann ich nicht annehmen!«

»Vielleicht bringt er dir Glück. Oder Aljoscha.«

Ein Drehbuch in der Tasche und Viktorias Stofftier an der Hand, wartete ich draußen auf mein Taxi. Die Fans hörten auf, Karten zu spielen, und starrten herüber. Viktorias Talisman war ein Gegenstand, um den sie sich reißen würden, aber in meiner Obhut sah er nicht nur komisch aus, er war völlig verschenkt. Wäre es nicht eine gute Tat?

Eines der Mädels lächelte schüchtern. Das Stofftier würde vielleicht ihr Leben verändern, oder wenigstens diesen Tag. Da ging auf dem Parkplatz eine Autotür auf.

Matthias rannte nicht, aber er ging sehr schnell. Er kam direkt auf mich zu und sagte, ohne mich anzugucken, mit einer Stimme, die keinen Widerspruch zuließ: »Du musst in die Stadt? Ich kann dich mitnehmen.« Er nahm mir den Bären aus der Hand.

Ich folgte ihm. Aber ein gutes Gefühl hatte ich nicht.

Ich erfuhr es auf der Münchner Straße bei Tempo siebzig, den Blick starr auf die Bremslichter vor uns gerichtet. Nie hätte ich gedacht, dass Viktoria so weit gehen würde. Matthias hatte alles verloren, und der einzige Boden, den er jetzt noch unter seinen Füßen spürte, war rechts ein leicht beweglicches Gaspedal. »Was hast du ihr erzählt bei dir im Salon?«, schrie er. »Was?«

Er suchte verzweifelt nach einer Erklärung für Viktorias Entscheidung, ihn zu verlassen, was er so wenig nachvollziehen konnte wie ich seine Zickzackfahrt. Im Fünf-Sekunden-Takt wechselte er die Spur. Ich musste Ruhe in die Situation bringen. Und so schnell wie möglich wieder aussteigen, am besten da vorne, an der Ampel.

»Kannst du vielleicht mal das Maul aufmachen?«, rief Matthias.

Wir hatten grüne Welle, und ich berichtete wahrheitsgemäß, wie ich die Situation im Salon gesehen hatte: Viktorias Haar, schulterlang, einigermaßen kräftig, ziemlich trocken und in den Enden etwas Spliss. Ich erzählte von dem Mittelscheitel, der mir brav vorkam, und den unentschlossenen Stufungen.

Matthias kümmerte sich um keinen Rückspiegel und keinen Blinker, und ich schwärmte von Viktorias Kopfform, dem Schwung der Augenbrauen und davon, wie toll sie gerade die Szene gespielt hatte. Je mehr ich redete, desto stärker drückte er auf die Tube. Die Kurve auf den Föhringer Ring nahm er mit so viel Tempo, dass es mich gegen die Tür drückte. Als wir bei der Baustelle am Effnerplatz statt auf die Ismaninger Straße auf die Richard-Strauss-Straße gerieten und nun viel zu weit östlich unterwegs waren, rief ich: »Halt bitte an!«

Matthias drehte am Lenkrad, bog scharf rechts ab und gehorchte.

Im Vorbeifahren zeigte jemand den Vogel.

Die Lüftung rauschte, das Armaturenbrett vibrierte. Der Motor ging aus.

Ich sagte: »Wir sind hier völlig falsch.«

Wie mit kaltem Wasser rieb Matthias sich das Gesicht. »Du hast ihr gesagt, ich hätte etwas mit dem Mord zu tun.«

»Hast du?«

Er starrte durch die Windschutzscheibe. Wenn ich ein Kumpel aus Schlaipfering gewesen wäre, hätte er sich schon längst auf mich gestürzt. Wir hätten uns geschlagen und geprügelt und danach ein handfestes Ergebnis. Aber irgendetwas hielt ihn von dieser einfachen Lösung ab. Als Frisör hatte ich anscheinend einen geheimnisvollen Einfluss auf seine Freundin – mittlerweile seine Exfreundin –, und vielleicht brauchte er mich noch als Vermittler, als Kummerkasten für Viktoria und Fürsprecher für ihn. Aber die Beherrschung fiel ihm so schwer, dass das Blut in den Schläfen die Adern fast zum Platzen brachte.

Ich sagte: »Matthias, was war los an jenem Sonntagabend?«

Seine Pupillen, seine Lippen, seine Finger waren in Bewegung. Er überlegte wohl, welche Version der Geschichte für mich die richtige wäre. Plötzlich langte er nach hinten und fischte den Stoffbären von der Rückbank.

Teddys T-Shirt – das fiel mir erst jetzt auf – war ziemlich cool bedruckt, eine Stelle am Bein schadhaft und der Gesichtsausdruck mit der Schnute irgendwie hochmütig. Matthias hatte sich anscheinend für die Tränendrüsenversion entschieden und fragte: »Weißt du eigentlich, wer damals seinen Pullover verschwinden ließ?«

»Nein. Und es interessiert mich auch nicht so besonders.«

»Jan-Joachim war's. Er fand es saukomisch. Wenn du mich fragst: Dem ist nichts heilig. Der zieht alles durch den Dreck für eine Pointe.«

»Jetzt lass doch mal dieses Spielzeug. Hier geht es um Mord.«

Es war, als ob er mit dem Stofftier redete: »Viktoria hat bei ›SidL‹ nie reingepasst. Das war mir von Anfang an klar. Die verarschen sie von vorne bis hinten. Aber was sollte ich denn machen? Viktoria war in diesem Film.«

»Redest du von diesem Sonntagabend?«

»Hier, auf deinem Platz, hat sie Bärchen liegenlassen, den ich ihr mal als Talisman geschenkt hatte. Das ist vorher noch nie vorgekommen. Das war das Zeichen, der Anfang vom Ende.«

»Du hast hier im Auto also den Teddybären gefunden. Und weiter? Erzähl mir nicht, dass du hier einfach sitzen geblieben bist. Du bist mit dem Teddy rein in die Produktion und hast etwas gesehen, was dir nicht gefallen hat.«

»Stopp mal. Schon vergessen? Viktoria und ich haben eine Absprache. Keine Einmischung. Blöd genug, dass ich mich daran gehalten habe. Und diese Proben mit dem Chefautor – das hatte sie doch gar nicht nötig. Aber Viktoria braucht immer einen Guru. Früher war ich das, dann kam Zacharias, und jetzt – keine Ahnung: Du könntest ihr wahrscheinlich, wenn du wolltest, auch eine Glatze verpassen.« Er warf den Stoffbären auf den Rücksitz. »An diesem Sonntagabend habe ich jemanden gesehen.«

»Wen?«

Matthias lehnte sich mit beiden Armen übers Lenkrad und starrte hinaus. »Eine Gestalt. Stand beim Eingang und guckte durch die dunklen Fenster. War da und wieder weg. Wie ein Gespenst.«

»Wahrscheinlich der Pförtner.«

»Dachte ich zuerst auch. Ich bin extra mal vorgelaufen. Aber der Pförtner saß gemütlich in seinem Häuschen und hat gepennt.«

»Und die Gestalt?«

»Nichts. Ich bin wieder zurück zum Auto, da stand Viktoria schon und hat gewartet. Aber, typisch, gesehen hatte sie niemanden. Doch ich schwöre, das habe ich mir nicht eingebildet. Da war jemand.«

»Hast du der Polizei von dieser Person erzählt?«

»Du glaubst mir nicht?«

»Kein Wort.«

Matthias lehnte sich zu mir, griff über mich hinweg, öffnete meine Tür und sagte: »Ich glaube, du steigst jetzt besser aus.«

21

Das Drehbuch hatte Eselsohren, war mit Kaffee- und Teeflecken bekleckert, und zwischen den Seiten steckten verstreut einzelne Härchen. So mitgenommen und benutzt sah es aus, dass man hätte meinen können, ich hätte es bereits in- und auswendig gelernt. Das Gegenteil war der Fall. Ich hatte noch keinen einzigen Blick auf meinen Text geworfen.

Die zusammengehefteten Blätter waren ja auch immer unterwegs. Mit Aljoscha in der Kaffeeküche, dann irgendwie zwischen die Magazine gerutscht und von dort durch ziemlich viele Hände gewandert, bis alle Kunden den Inhalt kannten, der, streng genommen, vertraulich zu behandeln gewesen wäre.

Während ich Vera Zernack den Pony schnitt, sagte sie: »Tomas Prinz bei ›SidL‹. Vielleicht ist es ja der Beginn einer neuen Karriere!« Und Lissy schrie über Föhnlautstärke: »Meinst du, ich kann da auch mal mitspielen?« Nur Theadora zuckte gleichgültig die Achseln, und die Außenwelle, die ich ihr mit dem Glätteisen gemacht hatte, wippte. »Eine Rolle«, Theadora seufzte. »Spielen wir nicht alle immerzu irgendeine Rolle?«

»Es ist keine ›Rolle‹«, sagte ich. »Ich spiele mich selbst. Man nennt das einen Gastauftritt.« Ich gab ihr zum Ausprobieren mein neues Shaping-Wax und, wie gewohnt, zum Abschied Küsschen rechts und links. Dann sagte ich zu Aljoscha: »Jetzt bitte keine Anrufe.«

Unten im Büro setzte ich mich an die Stirnseite meines großen Besprechungstischs und schlug die Seite von Folge 5068 auf, Szene zwölf. Ein halbes Stündchen, kalkulierte ich, dann müsste ich den Text so draufhaben, dass ich in der Lage wäre, ihn morgen vor laufender Kamera abzuspulen. Das konnte ja nicht so schwer sein.

Es waren gar nicht viele Sätze, und lang waren sie auch nicht. Aber die Worte, die mir ein Drehbuchautor, ein mir vollkommen unbekannter Mensch, in den Mund legte, sagten mir nichts.

Ich brauchte den Rat eines Profis und rief Charlotte an. Vielleicht wollte ich auch einfach nur mal mit ihr plaudern, ohne die Zuhörer in der Produktion. Denn da war immer noch das Geheimnis, das sie vor mir wahrte. In der ganzen Zeit hatte sie nichts rausgelassen.

Ich fragte sie nicht direkt, sondern sagte: »Was ich dir die ganze Zeit erzählen wollte: Ich habe zufällig deinen Vater getroffen.«

»Ich weiß. Er wollte von dir wissen, ob ich bei Jan-Joachim in guten Händen bin, stimmt's?«

»Und? Bist du es?«

Charlotte lachte, es klang glücklich: »Tommy, die Blumen – sie waren alle von Jan-Joachim!« Und dann gab sie mir den Rat: »Du musst dir den Text wie eine Beziehung erarbeiten. Du musst mit dem Text sprechen, immer wieder. Und: Geh beim Lernen auf und ab. Bewegung hilft und frische Luft übrigens auch.«

Ich ging mit meinem Textbuch auf und ab, verlor dabei aber ständig die Zeile. Ich öffnete die Fenster, und mit der Luft wehte aus dem Salon das Gelächter herein, der Russenrock und das Rauschen der Föhne. Warum sperrte ich mich freiwillig ein und verdonnerte mich zu Stubenarrest und dieser Strafarbeit? Teamarbeit ist viel eher mein Ding.

Zwei Stunden später, es war nach Feierabend, lag der Text in drei Exemplaren neben einem Imbiss und einer Flasche Shiraz bei mir in der Wohnung auf dem Esstisch. Bea hatte sich bereit erklärt, den Text von Viktoria (›Trixi‹) zu übernehmen, Aljoscha wollte den Part von Jan-Joachim (›Max‹) sprechen, auch wenn er im Moment noch dabei war, im Internet nach Tickets für die Zugfahrt nach Zürich zu suchen.

Ich machte Bea solange eine Nacken-Kopf-Massage und erzählte dabei, was mich beschäftigte: das neue Glück von Charlotte und Jan-Joachim und die Trennung von Viktoria und Matthias. Mir kam es vor, als ob hier Verschiebungen stattfanden, die den Blick freigeben müssten auf eine Spur, die wir vorher vielleicht gar nicht hatten entdecken können. Aber wie ich es auch drehte und wendete, ich landete am Ende immer wieder bei Matthias und seinem Versuch, mich für dumm zu verkaufen und auf eine falsche Fährte zu locken mit dem Gefasel von einer geheimnisvollen Gestalt, dem großen Unbekannten.

Bea hatte die Augen geschlossen, bewegte ihren Kopf, als wären meine Hände ein sanfter Motor, und sagte: »Sein Ablenkungsmanöver ist so durchschaubar, dass man es fast schon als Schuldeingeständnis werten könnte.«

»Meinst du wirklich?«

»Bitte massier weiter«, sagte Bea.

»Und wenn Matthias doch die Wahrheit sagt? Wenn es diesen Unbekannten auf dem Parkplatz wirklich gab?«

»Und wer, bitte schön, soll das sein?«

»Der Mann, dem wir von Anfang an zu wenig Beachtung geschenkt haben.«

»Du meinst ... Entschuldige, Tom. Jan-Joachim klaut Teddys Pullover, er flirtet und lästert, aber er bringt keinen Menschen um.«

»Du musst dir einmal klarmachen«, sagte ich, »in welcher Situation Jan-Joachim war, kurz bevor Zacharias umgebracht wurde. 5000 Folgen ›So ist das Leben‹ sind abgedreht. Sein bester Freund ist gefeuert und tot. Eine Rolle im Rollstuhl steht ihm bevor. Das ist ziemlich deprimierend. Sind wir uns da einig? Okay. – Da passiert es.«

»Was?«

»Charlotte Auerbach kommt in die Serie. Was heißt, sie kommt – sie bricht regelrecht in sein Leben ein. Sie ist frech und schlagfertig. Sie riskiert mit dem Engagement bei ›SidL‹ ihren guten Ruf als seriöse Filmschauspielerin, sie setzt wieder einmal alles auf eine Karte. Sie hat den Mut, den er nicht hat. Sie besitzt die Lebendigkeit und Entschlusskraft, von der er träumt. Jan-Joachim muss sich entscheiden: Entweder er hasst diese Frau, oder er liebt sie.«

»Er schenkt ihr Blumen.«

»Genau. Das Leben ist plötzlich wieder aufregend. In dieser Situation kommt der Chefautor und will Charlotte feuern. Für Jan-Joachim ist es ein Schock. Das Glück, die neue Perspektive in seinem Leben beginnt sich doch gerade erst abzuzeichnen. Jan-Joachim denkt ganz egoistisch. Er muss etwas tun. Er weiß, Zacharias probt am Sonntagabend mit Viktoria allein im Studio, und beschließt, mit ihm zu reden – von Mann zu Mann. Er treibt sich so lange auf dem Studiogelände herum, bis Viktoria das Gebäude verlässt. Dann geht er rein. Doch Zacharias bleibt stur. Er sagt, Charlotte passt nicht ins ›SidL‹-Team, sie wird überschätzt, und sie ist eine Enttäuschung. Vielleicht drückt er sich noch drastischer aus. Da brennen bei Jan-Joachim die Sicherungen durch.«

»Ich finde deine Theorie erschreckend plausibel«, sagte Bea. »Ich kann keinen Denkfehler entdecken. Es gibt nur ein Problem: Du brauchst einen Beweis.«

»Allerdings«, antwortete ich. »Und den gibt es leider nicht.«

»Darum musst du jetzt den nächsten Schritt tun«, sagte Bea. »Du musst Jan-Joachim damit konfrontieren.«

»Du musst gar nichts.« Aljoscha stand in der Tür. »Dieser Mann ist unberechenbar. Was ist, wenn bei ihm wieder die Sicherungen durchbrennen?«

Bea schaute mich an.

»Also gut«, sagte sie. »Keine Konfrontation. Was dann? Die Glaserin anrufen? Hoffen, dass sie schon das Richtige tun wird?« Sie erhob sich. »Ich bin müde. Wenn ihr nichts dagegen habt, würde ich jetzt gerne gehen.«

Während ich die Drehbuchseiten, meinen Text, auf dem Esstisch zusammenschob und die Zettel ordentlich auf einen Stapel legte, fragte Aljoscha: »Habe ich etwas Falsches gesagt?«

»Nein«, antwortete ich. »Du hast vollkommen recht. Wir sollten die ganze Angelegenheit der Polizei überlassen.«

22

TRIXI SITZT IM RESTAURANT UND TELEFONIERT (ONE WAY), WÄHREND IHR EIN HEISSGETRÄNK SERVIERT WIRD.

TRIXI (beschwörend ins Telefon):

Bitte, Gloria, unterschreib den Vertrag nicht. Heute Abend erzähle ich dir alles.

MAX KOMMT HEREIN UND SIEHT SICH SUCHEND UM.

TRIXI (eilig):

Ich muss Schluss machen.

TRIXI LEGT DAS TELEFON WEG. MAX SETZT SICH ZU IHR.

MAX (abfällig):

Mein Gott, siehst du scheiße aus. Diese abgefressenen Haare! Sag, was du zu sagen hast, aber mach schnell.

TRIXI (entschlossen):

Bevor Gloria bei dir in der Firma einsteigt, will ich, dass sie die ganze Wahrheit erfährt. Sie soll wissen, was du für ein Schwein bist.

TRIXI UND MAX STARREN SICH HASSERFÜLLT AN.

Sie starrten und starrten …

»Stopp!«, rief eine Stimme.

»Tomas, dein Einsatz!«, rief der Regisseur. »Was ist los?« Er setzte seine Kopfhörer ab und kam hinter dem Pult mit den vielen kleinen Bildschirmen hervor. Der Tonassistent ließ die lange Stange mit dem Mikrophon sinken.

Ich saß mit dem Rücken zur Kamera in der Deko ›Restaurant‹ zwischen den Komparsen an der Theke. »Entschuldigung«, sagte ich. »Ich war in Gedanken. Kommt nicht wieder vor.«

Über den Schauspieler als Verbrecher hatte ich nachgedacht und dass er doch eigentlich eine besondere Kunst beherrschen muss: die Tat zu verdrängen, den Mord von sich abzuspalten wie eine Rolle, die er nicht mehr spielt. Der Schauspieler als Verbrecher war vielleicht in der Lage, sich heute, sechs Wochen nach der Tat, frei von jeder Schuld zu fühlen.

»Noch einmal.« Der Regisseur legte die Handflächen aneinander, als wurde er zu mir beten. »›Was du für ein Schwein bist‹, merk dir das, ist dein Stichwort. Du stehst auf, gehst zügig bis genau hierhin und sagst: ›Entschuldigen Sie, dass ich störe …‹, und so weiter und so fort. Alles klar?«

Während die Maskenbildnerin mir noch einmal mit dem Pinsel übers Gesicht fuhr, konnte ich sehen, wie Jan-Joachim sich räkelte, entspannt wie nach einem Mittagsschlaf, und mich jetzt mit zusammengekniffenen Augen fixierte. In Gedanken schien er abzuschätzen, wie viele Anläufe ich wohl noch brauchen würde, bis diese simple Szene im Kasten war. Viktoria dagegen starrte vor sich hin, behielt ihre

Anspannung, um ihre Sätze wie auf Knopfdruck wieder abzuspulen.

»Wir gehen rein mit ›Trixi‹. Anschluss: ›Lange kann ich deinen Anblick nicht ertragen.‹«

»Schritt zurück. Achtung!«

Die Maskenbildassistentin huschte davon.

»MAZ läuft.«

»Und bitte!«

TRIXI (entschlossen):
Bevor Gloria bei dir in der Firma einsteigt, will ich, dass sie die ganze Wahrheit erfährt. Sie soll wissen, was du für ein Schwein bist.
TRIXI UND MAX STARREN SICH HASSERFÜLLT AN. VON DER THEKE KOMMT EIN MANN HERÜBER.
TOMAS PRINZ (höflich):
Entschuldigen Sie bitte die Störung. Ich muss sagen, Ihre Schönheit, ich meine, das Antlitz von Ihnen, es inspiriert mich, schöpferisch gesehen. Was ich eigentlich sagen will …
TRIXI UND MAX SCHAUEN TOMAS PRINZ VERSTÄNDNISLOS AN.
TOMAS PRINZ GEHEN DIE WORTE AUS.

»Ich kann mir diesen bekloppten Satz nicht merken!«, rief ich und hielt eine Hand gegen das Licht des Scheinwerfers.

Der Regisseur lehnte sich kopfschüttelnd rüber zu seinen Mitarbeitern, die neben ihm am Pult saßen. Die Kamera fuhr in einem Bogen von mir weg auf ihre Anfangsposition.

»Kein Problem.« Jetzt war es die Regieassistentin, die zu mir kam. Sie blätterte in ihren Unterlagen und las ohne nennenswerte Betonung: »›Entschuldigen Sie, dass ich störe. Aber ich bin berauscht. Ihr Anblick inspiriert mich. Ich würde Sie gerne zu der Schönheit machen, die Sie von Natur aus sind.‹ – Okay? Hast du es jetzt wieder?«

Ich wiederholte in Gedanken.

»Und bitte achte darauf« – mit einem Stück Kreide markierte sie eine Stelle auf dem Boden –, »du gehst wirklich nur bis zu diesem Strich. Du schaust ›Trixi‹ tief in die Augen und legst so viel Gefühl in deine Stimme, wie du kannst. Dann: Visitenkarte auf den Tisch, Blick zu ›Trixi‹, Blick zu ›Max‹ und ab. Das war's. Fragen?«

»Ja.«

Die Assistentin sah mich überrascht an.

»So redet kein Mensch. Ich jedenfalls nicht.«

Der Regisseur rief: »Das ist keine Frage. Wir machen weiter. Achtung!« Der Tonassistent stemmte die Mikrophonstange in die Höhe.

»Tommy hat vollkommen recht«, schaltete sich Jan-Joachim ein. »Sein Text ist Schwachsinn, total gestelzt und geschwollen. Warum spricht er nicht einfach seinen eigenen Text und sagt, was er als Frisör in dieser Situation tatsächlich sagen würde? Lass mal hören, Tommy – was wäre das?«

Alle schauten mich an.

Ich betrachtete Viktoria und ihre verschnittenen Haare. Das Problem war: Zu einer Frau mit dem Look würde ich gar nichts sagen. Ich würde die Achseln zucken und denken: Schau an, jemand aus Berlin.

»Also«, sagte ich. »Ich würde wahrscheinlich sagen:

Wenn Sie mal einen Frisör brauchen, können Sie sich gerne bei mir melden.«

»Mehr nicht?«, fragte Jan-Joachim.

»Mehr nicht.«

»Visitenkarte?«

»Unnötig. In so einem Restaurant würde man mich kennen.«

Als würde sich das Gericht zur Beratung zurückziehen, rief der Regisseur: »Zehn Minuten Pause.«

Auf dem Weg zum Ausgang legte sich von hinten eine Hand schwer auf meine Schulter. Mit seinem Aftershave war Jan-Joachim mir so unangenehm wie damals die aufdringlichen Hyazinthen in Charlottes Garderobe. Der Mord, die Blumen – passte das zusammen? Er bot mir eine Zigarette an.

»Nein danke.« Ich stand bei Jan-Joachim und den Komparsen-Rauchern herum, als gäbe es auch nur die geringste Chance, die Frage zu stellen: Warst du in jener Nacht auf dem Parkplatz? Hast du Zacharias zur Rede gestellt und die Kontrolle verloren? Ich ballte die Hände in den Hosentaschen. Ich war wie gelähmt.

Mit einer Zigarette zwischen den Zähnen, umringt von ein paar Fans, gab Jan-Joachim Autogramme und sagte: »Mach dir nichts draus, Tommy. Du bist nicht der Erste, der jämmerlich versagt, wenn Kamera und Scheinwerfer angehen. Mit dem Text, dem Timing, dem Zeitdruck – ihr unterschätzt das. Das ging den anderen Gastrollen auch so, dem Bürgermeister, der Familienministerin, dem Goldmedaillengewinner, Rapper und wen wir sonst noch alles hier hatten. Aber dabei sein ist alles, stimmt's?«

»Entschuldigung.« Einer der Schulschwänzer hielt mir Block und Stift hin.

Ich unterschrieb und fragte Jan-Joachim über die Köpfe der Fans hinweg, die sich jetzt nacheinander bei mir anstellten: »Stimmt es eigentlich, dass du alle ›SidL‹-Folgen auf DVD hast?«

Der Aufnahmeleiter rief aus der Tür: »Leute, es geht weiter!«

Jan-Joachim warf seine Zigarette weg. »5065 Folgen, und täglich werden es mehr. Du kannst sie dir gerne mal anschauen.«

Auf dem Weg durchs Studio kamen wir am Supermarkt vorbei, an der Küche mit Eckbank, dem Büro mit Panoramablick. Die Wanne in der Deko ›Badezimmer‹ war leer und sauber und würde wohl nie wieder benutzt werden. Daneben führte die Treppe hinauf zur Galerie. Ich war nie da oben gewesen, war den Weg des Mörders nie zu Ende gegangen. Ich drehte mich zu Jan-Joachim um.

»Heute Abend«, sagte er.

»Was?«, fragte ich.

»Das ist eine Einladung.«

»Zu dir nach Hause?«

»Bogenhausen. Delpstraße siebzehn. Neun Uhr.«

»Darf ich die Herren bitten?«, rief der Aufnahmeleiter. »Jeder auf seine Position!«

Um zwanzig Uhr dreißig stieg ich vor meinem Haus ins Taxi. »Zur Delpstraße, bitte.« Aljoscha hatte mir eben, oben in der Wohnung, noch sein Telefon zugesteckt und gesagt: »Für alle Fälle.« Er fand den Konfrontationskurs nach wie vor riskant und war überzeugt, ich hätte Jan-Joachim durch irgendeine Äußerung oder einen Blick stutzig gemacht. Wenn Jan-Joachim der Mörder wäre, so Aljoschas Prognose, würde er heute Abend versuchen, meinen Verdacht »im Keim zu ersticken«.

»Ersticken?«, hatte ich gefragt. »Wie meinst du das?«

Bea hatte mir beruhigend die Hand auf den Arm gelegt und gesagt: »Das Wichtigste ist, dass du bei allem, was passiert, immer die Kontrolle behältst. Und die Nerven.«

Der Taxifahrer bog ab in die Müllerstraße, und ich wählte die Nummer der Kriminalkommissarin. Doch weder Annette Glaser noch ihr Assistent Torsten waren am Platz. Der Kollege, der das Telefon bediente, war über den »Fall Zacharias Rosendräger« nicht im Bilde. Während er meine Rückrufnummer notierte, fragte er: »Hat die Angelegenheit Zeit bis Montag?«

»Natürlich«, sagte ich. »Es eilt nicht.« Ich redete mir ein, doch nur auf dem Weg zu einem harmlosen DVD-Abend zu sein, einer bierseligen Nostalgie-Veranstaltung.

Am Böhmerwaldplatz ließ ich anhalten, zahlte und stieg aus, beinahe hätte ich die Geschenketüte mit den Pflegeprodukten auf dem Sitz stehenlassen. Die letzten Meter wollte ich zu Fuß gehen. In den Minuten vor der Dunkelheit schluckte die Dämmerung alle Schatten. Die Leute waren schon daheim, aber noch niemand mit dem Hund unterwegs. Bogenhausen wie ausgestorben.

Das Haus mit der Nummer siebzehn versteckte sich hinter Bäumen und hohen Büschen und war, soweit ich es vom Gartenzaun aus beurteilen konnte, eine dieser Villen, die irgendwann mal von altehrwürdigschön zu nutzwertigmodern umgebaut und in kleine Wohnungen aufgeteilt worden waren. Auf einem der Namensschilder neben dem Gartentor, oben rechts, vier schlichte Buchstaben auf vergilbtem Grund: ›Siel‹. Ich drückte den Knopf.

In der Stille war ein Geräusch. Oberhalb des Klingelbretts bewegte sich ein Kameraauge, richtete sich elektronisch aus und stand still.

»Hallo?«, sagte ich.

Kein Wort aus der Gegensprechanlage. Ich fasste an einen der Gitterstäbe, und das Gartentor ging geräuschlos auf. Lampen, nicht mal kniehoch, schalteten sich nacheinander ein und beleuchteten in kleinen Kreisen geizig den Weg durch das Dunkel, während hinter mir die Eisentür krachend ins Schloss fiel.

Ich konnte nicht erkennen, ob ich durch einen schönen Park oder einen kleinen Garten ging, ob es irgendwo einen Teich gab oder eine Kinderschaukel. Unter meinen Schuhsohlen knirschte der Kies, in der dunklen Fassade leuchteten zwei Fenster, und die Haustür summte bereits.

Wie immer nahm ich die Treppe statt den Fahrstuhl. Oben ging schon die Tür auf.

»Hallo«, rief ich und versuchte, Atemlosigkeit durch Munterkeit wettzumachen.

Wieder keine Antwort.

»Jan-Joachim? Bist du da?«

Da waren nur Plastiktüten. Im Flur an der Garderobe. In der Küche auf den Schränken. Im Wohnzimmer unter dem niedrigen Tisch. Die Ordnung war ein Zeichen von Verwahrlosung. Als wäre die ganze Habe in Tüten verpackt und bereit zum Abtransport auf die Müllkippe.

Ich weiß nicht, wann diese Gestalt sich in meinen Rücken gestellt hatte und wie lange sie mich schon beobachtete. Ich entdeckte sie als Spiegelbild in der dunklen Scheibe. Mit zotteligen roten Haaren, fahlen Wangen und einer langen, krummen Nase stand das Wesen da und sagte keinen Ton.

Ich schrie, strauchelte und stürzte, und das Wesen fiel ebenfalls, aber in den Sessel, und schrie noch lauter. Nein, es lachte. Jan-Joachim schob sich die Gummimaske wie eine Brille hoch in die Haare und japste: »Mein Gott, du müsstest dich sehen, dein Gesicht, zum Schreien!«

Ein Scherz, sehr komisch, den er anscheinend mit jedem Besucher trieb, der zum ersten Mal hierher zu Besuch kam. Er lachte und redete und lachte, ein Kindskopf, noch ganz berauscht von seiner Begrüßungsnummer, ein Schauspieler, der nicht erwachsen werden wollte, der Teddys Pullover klaute. Oder ein Mann, der etwas zu verbergen hatte.

Er stellte zwei Schachteln mit Sushi auf den Tisch, machte Bier auf, sagte »Prost« und »Danke« zu meinen Pflegeprodukten, die er zu dem übrigen Müll stellte. Er erklärte, die Tüten, das sei sein Versuch, Ordnung zu halten.

Ich sagte: »Du hast mich doch nicht nur wegen der DVDs eingeladen, oder?«

»Stimmt.« Jan-Joachim legte ein Bein hoch. »Du bist Charlottes Frisör.«

»Ja, und?«

»Frauen erzählen ihrem Frisör doch alles Mögliche, oder? Ich will, dass du weißt, dass es mir ernst mit ihr ist. Falls sie dich mal nach deiner Meinung fragt. Oder hat sie das schon getan?«

»Nein«, antwortete ich. »Hat sie nicht.«

Jan-Joachim starrte mich an und schien zu überlegen, ob das eine gute oder eine schlechte Nachricht war.

»Seit wann läuft das zwischen dir und Charlotte?«, fragte ich.

»Seit ihrer Einweihungsparty.«

»Erst?«

»Verknallt war ich von Anfang an. Und das in meinem Alter. Ich führe mich auf wie ein Teenager. Bin nervös, weil ich jetzt ihren Vater kennenlernen soll. Konsultiere den Frisör. Total albern, oder?« Jan-Joachim setzte die Bierflasche an die Lippen.

Ich beschloss, dass eine glatte Lüge jetzt gerechtfertigt war, und sagte: »Matthias hat dich am Sonntagabend, kurz bevor Zacharias ermordet wurde, auf dem Parkplatz gesehen.«

Jan-Joachim trank und verschluckte sich nicht einmal.

»Wolltest du Zacharias dazu bringen, sich den Blödsinn mit Charlottes Kündigung aus dem Kopf zu schlagen? Hast du ihn von der Galerie gestoßen?«

Jan-Joachim stellte die leere Flasche neben seinen Füßen ab, legte die Hände flach auf die Schenkel und schaute sich kopfschüttelnd um. »Das kann nicht sein.« Er bückte sich, kramte in einer der Tüten, fand aber nicht, was er suchte.

»Was ist los?«, fragte ich.

»Warte hier.«

Kaum war er aus dem Raum, stand ich auf. Natürlich wartete ich hier. Wo sollte ich auch hingehen? Raus auf den Balkon, Aljoscha einen Zwischenbericht geben. Aber was sollte ich ihm erzählen? Dass Jan-Joachim nicht aus der Ruhe zu bringen war. Im Gegensatz zu mir.

»Setz dich.« Er hatte gefunden, was er suchte: ein gerahmtes Foto.

Ich konnte das Foto erst nicht erkennen. Jan-Joachim betrachtete es mit einem Ausdruck von Zärtlichkeit, aber auch mit Wehmut. Ein Foto von Charlotte, vermutete ich.

Er stellte das gerahmte Bild auf den Tisch. Zwischen Sushi-Tabletts, Bierflaschen und Zitronengras lächelte mild das Gesicht des Schauspielers Johannes Beyerle.

»Bevor du voreilig deine Schlüsse ziehst«, sagte Jan-Joachim, »musst du dir anhören, was ich dazu zu sagen habe. Was ich dir jetzt erzähle, habe ich noch niemandem gesagt. Nicht einmal Charlotte.«

Ich lehnte mich zurück. Ich hörte zu. Pausen entstanden nur, wenn er einen Schluck aus der Bierflasche nahm.

»Beyerle und ich – wir waren Freunde. Wir waren beide von Anfang an bei ›SidL‹ dabei. Der einzige Unterschied in unseren Karrieren war, dass ihm kurz vor der Jubiläumsfolge gekündigt wurde, er wurde ausrangiert wie ein altes Möbelstück und auf die Straße gestellt, während ich bis heute weitermachen darf. Ich weiß nicht, warum es ihn getroffen hat und nicht mich. So eine Kündigung ist für unsereins eine Katastrophe. Nach 5000 Folgen und zwanzig Jahren ›So ist das Leben‹ hast du keine Chance. Du wirst für keine andere Rolle im deutschen Fernsehen besetzt. Du bist erledigt, deine Karriere ist vorbei.«

Jan-Joachim trank, und ich dachte: Worauf will er hinaus?

»Dann kam Tina Schmale als neue Producerin. Sie wollte Beyerle zurückholen. Aber er wollte nicht mehr. Er war verbittert und vielleicht auch beleidigt, fühlte sich den Ideen und Launen der Chefs ausgeliefert, die kommen und gehen und einfach über einen verfügen. Er hatte mit der Daily Soap abgeschlossen. Nur eines beschäftigte ihn noch. Er wollte seinem Neffen Lukas ein Leben als Soap-Darsteller ersparen. – Lukas Schmidt-Denninger. Er hat diesen Jungen geliebt. Und wollte immer, dass er mit seinen künstlerischen Ambitionen den Weg über die Schauspielschulen und das Theater geht und nicht etwa glaubt, dass er über die Soap den Einstieg in den Beruf findet. ›Den Geruch der Seife‹, hat Beyerle immer gesagt, ›wirst du nie wieder los.‹«

Jan-Joachim nahm das Foto in die Hand und sah es lange an. »Als Freund und Kollege musste ich Beyerle versprechen, dafür zu sorgen, dass Lukas mit ›So ist das Leben‹ nicht in Berührung kommt. Dass es ein Vermächtnis war, habe ich erst verstanden, als sie Beyerle tot aus der Isar gezogen haben. Kurz darauf kommt Lukas als Komparse zu ›SidL‹! Kurios, oder? – Ich musste mir schnell etwas einfallen lassen. Einer der Storyliner hatte eine Idee, die ich geradezu genial fand: In einer Szene von Folge 5048 bekommt der Komparse in seiner Rolle als Angestellter die Kündigung. Damit wäre er so schnell wieder draußen gewesen, wie er reingekommen war. Einen Kasten Bier für die Autorencrew hat mich das gekostet, und die Sache war geritzt. Und dann passierte es. Das Drehbuch ist gerade draußen, da wird der Chefautor tot aufgefunden.«

»Dann hatte Zacharias gar nichts damit zu tun?«

»Du sagst es. Heilige Scheiße, dachte ich. Lukas, ein Mörder, und ich hänge mit drin. Ich dachte ernsthaft, ich hätte ihn da reingetrieben. Wie nennt man das? Beihilfe zum Mord? Ich wusste nicht, was ich tun sollte. – Dann kam die Polizei. Lukas wurde verhört, ohne dass ich irgendetwas zu irgendwem gesagt hatte. Den Rest der Geschichte kennst du. Lukas ist unschuldig. Hat plötzlich ein Alibi. Aber das war für mich der nächste Schock: Lukas war zur Tatzeit mit Charlotte zusammen.«

Ich rieb mir das Gesicht. Was war das für eine Geschichte?

Er beugte sich vor. »Glaubst du, dass die Beziehung zwischen den beiden rein platonisch war, wie Charlotte immer behauptet? Du kennst sie besser als ich. Hat sie dir etwas erzählt? Kannst du dir das vorstellen? Oder lügt sie, weil sie mir nicht vertraut?« Jan-Joachim schaute mich an, als ob seine Zukunft, sein Leben von meinen Antworten abhängen würde.

Ich sagte: »Ich weiß es nicht.«

Ich ging durch den dunklen Garten. Jan-Joachim war unschuldig. Ich hatte gedacht, ich wäre vielleicht ganz nah dran an der Wahrheit, aber nie war ich weiter von ihr entfernt als jetzt.

Hinter mir fiel krachend die Eisentür ins Schloss.

23

Fünf Stunden und neununddreißig Minuten beträgt die Fahrtzeit von München nach Zürich zu einer Besprechung, die keine fünf Minuten dauern würde. Anwesend würden sein: der Notar, Mutter, Regula und ich. Einziger Tagesordnungspunkt: Die Wahl von Regula zur neuen Geschäftsführerin. Wir würden nacheinander das Dokument unterzeichnen, ein Gläschen Champagner trinken, und die Sache wäre besiegelt.

Ich saß im Zug neben Aljoscha, stellte die Rückenlehne zurück, Fußstütze hoch. Ich wollte nichts sehen und hören – außer dem Landschaftsfilm, der am Fenster vorbeizog, und Aljoschas Stimme.

Was er sagte, war ja so richtig. Regulas Entschlossenheit konnte man nur bewundern. Wie sie Verantwortung übernahm. Die Aufgabe anpackte. Das Erbe unseres Vaters fortführen wollte. »Zieht mit ihrer Familie einfach in die Villa an den Zürichsee und kehrt so nach mehr als zwanzig Jahren zurück an den Ort, an dem sie selbst aufgewachsen ist.«

»So ist das Leben«, sagte ich. »Ich meine: So kann es gehen. Da schließt sich ein Kreis.«

Kühe grasten auf der Weide, Pferde galoppierten über eine Koppel, Häuser lagen in den Wiesen wie hingestreut. Am Himmel bauten sich dramatisch Wolken auf.

Aljoscha hatte zweifellos recht: Regulas Umzug war ein Einschnitt, auch für mich. Noch zwei, drei Monate, dann war es mit den Besuchen in Schwabing vorbei. Aber ich fand, man musste jetzt nicht anfangen zu rechnen, wie oft ich in der Vergangenheit mit den Kindern im Zoo, im Kino oder auf dem Spielplatz gewesen war. Sicher, man konnte von verpassten Chancen sprechen, von Gelegenheiten, die nicht wiederkommen. Zeit, verplempert mit allem Möglichen. Aber ich hatte in den vergangenen Wochen und Monaten ja nun wirklich einiges um die Ohren gehabt.

Wenn ich nur wüsste, was ich übersehen hatte.

Wir fuhren in sanfter Neigung am Ufer des Bodensees entlang. An einer Scheune ein Schild: ›Heu und Stroh zu verkaufen‹. ›Heu‹ war durchgestrichen.

Ich weiß nicht, wie lange ich geschlafen hatte.

»Komm«, sagte Aljoscha. »Gehen wir etwas essen.«

Die Karte im Speisewagen war gleichzeitig das Set, das die Tischdecke schont. Wenn man das Blatt umdrehte, hatte man einen großen weißen Bogen vor sich. Wir bestellten. Ich schob Gläser, Pfeffer und Salz beiseite. Aljoscha schaute interessiert zu, wie ich mit dem Kugelschreiber gerade Linien zog. Eine Tabelle. System in die Sache bringen.

»Pass auf«, sagte ich und schrieb in die erste Spalte: »Tina Schmale, Producerin bei ›SidL‹. Ihre Beziehung zu Zacharias Rosendräger: Sie war zuerst seine Schülerin, dann seine Geliebte, zuletzt seine Chefin. Sie hatten Streit wegen Charlotte Auerbach. Tinas mögliches Tatmotiv: Sie fühlte sich von Zacharias herabgewürdigt. Und sie war eifersüchtig auf sein Verhältnis zu Viktoria. Beweise?« Ich schaute Aljoscha an.

»Keine«, sagte er.

Langer Strich, zweite Spalte: »Viktoria Peichl. Sie probte mit Zacharias kurz vor seiner Ermordung im Studio. Nach Zacharias' Tod bekommt sie keine Vertragsverlängerung. Sie trennt sich von ihrem Freund Matthias.«

Das Putencurry kam. Ich schob den Teller nach links, so dass ich rechts weiterschreiben konnte. »Viktorias mögliches Tatmotiv: Notwehr, weil Zacharias zudringlich geworden sein könnte. Beweise: keine.«

Zwischen den Bissen notierte ich in der dritten Spalte: »Matthias, Lebensgefährte von Viktoria. Ihr Retter vom Schnaitsee, ihr Chauffeur, ihr Aufpasser. Er wird von Viktoria sitzengelassen. Er behauptet, auf dem Produktionsgelände einen Unbekannten gesehen zu haben. Selbst will er das Gebäude nicht betreten haben. Mögliches Tatmotiv: Er wollte Viktoria vor dem zudringlichen Zacharias beschützen. Beweise: keine.«

Wir bestellten Kaffee. Noch dreißig Minuten bis Zürich. Ich musste mich beeilen.

Langer Strich, vierte Spalte: »Lukas Schmidt-Denninger, Komparse und Neffe von Johannes Beyerle. Er will um jeden Preis Schauspieler werden. Er dreht durch, als er erfährt, dass er die Serie verlassen soll, und glaubt, dass der Chefautor hinter dieser Maßnahme steckt. Für die Tatzeit hat Lukas ein Alibi. Er war mit Charlotte Auerbach zusammen.«

Aljoscha klappte eine Zeitschrift zu. »Charlotte Auerbach ist heute Abend im Fernsehen«, sagte er. »Eine Talkshow.« Er stand auf. »Ich gehe schon mal das Gepäck holen.«

»Bin gleich so weit, Schatz.«

Fünfte Spalte. Jan-Joachim Siel, Schauspieler und Verehrer von Charlotte. Sein mögliches Tatmotiv: Er wollte verhindern, dass Charlotte die Serie verlässt. Er erzählt eine glaubwürdige Geschichte, scheint unschuldig. Beweise: keine.

Ein letzter langer Strich für Charlotte Auerbach. Zu spät. Zürich Hauptbahnhof. Rasch faltete ich den Plan zusammen.

Herr Berg, Mutters Hausmeister, wartete auf dem Bahnsteig und lächelte uns und allen Reisenden entgegen. Als wir uns die Hände schüttelten und umarmten, drückte die zusammengefaltete Speisekarte in der Innentasche meines Sakkos. In Gedanken notierte ich: Charlotte Auerbach, letzter Neuzugang bei ›SidL‹. Die hohen Erwartungen, die Einschaltquoten zu steigern, erfüllte sie nicht.

Auf dem Weg zum Auto wollte Herr Berg, wie immer, nach dem schwersten Gepäckstück greifen. Er bekam die Tüte mit den Zeitschriften. Wir liefen zwischen den Leuten Slalom, Aljoscha berichtete, was es von der Reise zu berichten gab, und ich dachte: Kurz vor Zacharias' Ermordung gibt es einen großen Streit.

Herr Berg räumte im Kofferraum Gummistiefel beiseite. Wir luden das Gepäck ein. Aljoscha schob mich zur Beifahrertür.

Mögliches Tatmotiv: Charlotte wollte um jeden Preis ihren Job verteidigen. Für die Tatzeit hat sie allerdings ein Alibi. Sie war mit dem Komparsen Lukas zusammen.

In gemächlichem Tempo schaukelten wir am See entlang, die Tachonadel flatterte. Herr Berg summte, die Segelboote sahen aus wie hingetupft. Aljoscha hinter mir legte seine Hand auf meine Schulter und ließ sie dort liegen, als wollte er sagen: Schau dich doch mal um. In dieser Welt kann es doch gar keine Verbrecher geben.

Welche Geschichte hatte ich nicht hinterfragt, wo nicht zu Ende gedacht, Spuren nicht weit genug verfolgt? Wo war ein Gedankenfehler?

Herr Berg fuhr die Auffahrt hinauf und hielt direkt vor der Haustür. Das Zuschlagen der Autotüren rief Frau Berg aus der Küche. Bei Begrüßung und Umarmung erfuhren wir in einem Wortschwall: Regula war noch in der Firma, Christopher mit den Kindern unten am See, die Vorbereitungen für das große Abendessen liefen auf Hochtouren, Suppe war noch da, und Mutter hielt Mittagsschlaf.

Ich nahm die Koffer und sagte zu Aljoscha: »Geh ruhig schon. Ich komme gleich nach.«

»Ist alles okay bei dir?«, fragte er.

»Alles bestens, Schatz.«

Ich wollte ein paar Minuten allein sein.

In meinem alten Kinderzimmer mit der schrägen Holzdecke ist das Kofferaufklappen schon eine logistische Aufgabe. Ich hängte mein Sakko über den Stuhl. Das Fenster klemmte und ließ sich, wie immer, nur mit sanfter Gewalt öffnen. Zwei-, dreimal musste ich drücken, dann sprangen die Flügel mit einem verwunderten Kreischen auf. Mit der Luft zog der kühle Seegeruch herein. Das Wasser glitzerte zwischen den Blättern der Bäume hindurch. In der Ferne hörte ich Stimmen, Geplansche, Kindergeschrei.

Ich setzte mich an den kleinen Schreibtisch und faltete die Tabelle auseinander. Rechts und links grüßten auf der zerschrammten Holzoberfläche die alten Zeichnungen – Gesichter, Köpfe und Figuren, die ich als Heranwachsender daraufgekritzelt hatte. Auch die Lateinvokabeln – aus meinem Gedächtnis schon lange ausradiert – standen immer noch da. Eine drollige Vorstellung, dass die Kinder, Anna und Jonas, die da unten am See tobten, hier in Zukunft sitzen und lernen sollten. Dieses Möbelstück gehörte eigentlich ins Museum.

Ich versuchte, mich zu konzentrieren.

Eine helle Kinderstimme: »Tomas! Wo bleibst du? Tomas!«

Der kleine Jonas in Badehose und mit Schwimmbrille stand da unten und schrie: »Null Grad. Das Wasser hat null Grad!«

Jetzt war nicht der richtige Zeitpunkt fürs Hausaufgabenmachen. »Ich komme!«

Wir gingen nicht den Weg, sondern liefen querbeet den Hang hinunter. Jonas berichtete aufgeregt, Anna sei eine »Kunstspringerin«. Sie stand am Ende des Stegs, winkte und wartete, bis sie ganz sicher sein konnte, von jedem – Aljoscha, Christopher, Jonas und mir – die volle Aufmerksamkeit zu haben. Dann sprang sie, die Hände eng am Körper, mit den Füßen zuerst, ziemlich kerzengerade ins Wasser.

Wir applaudierten und riefen: »Toll! Gut gemacht!« Anna paddelte prustend ans Ufer.

Jonas wartete ungeduldig, bis sein Vater endlich für ihn die Schwimmflügel aufgepustet hatte. »Seit Tagen bin ich mit nichts anderem beschäftigt«, sagte Christopher. »Tischtennisplatte aufbauen, Fahrradreifen flicken, Grillkohle ranschaffen.« Er gab mir die Hand. Die weißen Waden unterhalb der hochgekrempelten Hosenbeine waren ein komischer Kontrast zu seinem roten Kopf mit der sonnenverbrannten Stirn.

Ich fragte: »Wann kommt Regula aus der Firma?«

»Sie müsste auf dem Weg sein.«

»Wie läuft es zwischen euch?«

»Danke der Nachfrage. Seit feststeht, dass wir in zwei Monaten umziehen, ist eigentlich alles ganz entspannt.«

Christopher pustete. Ich schaute mich um. Die Fahrradgestelle mit platten Reifen und verrosteter Kette. Die Scheiben der Laternen am Bootshaus blind und teilweise kaputt. Die Plane über dem Motorboot mit schmutzigem Wasser und alten Ziegelsteinen beschwert. Alles wartete nur darauf, wieder benutzt und in Betrieb genommen zu werden.

»Verrückt, oder?« Christopher drückte den Plastikverschluss in den Reifen. »In kaum drei Monaten ziehen wir in die Villa ein. Wer hätte das gedacht?«

Ich fragte: »Erinnerst du dich an diesen Sonntag, als du nach dem Streit mit Regula zum Schachspielen geflüchtet bist?«

»Hör bloß auf. Regula und ich – wir haben ja dauernd gestritten, und ich war ständig drüben bei den Auerbachs.«

»Ich meine den Sonntag, Anfang April, als der Mord passierte. Du hast damals gesagt, bei Charlotte und ihrem Vater sei dicke Luft gewesen. Kannst du dich noch erinnern, warum?«

»Das weißt du doch am besten: Sie hatte Ärger mit diesen Fernsehfuzzis. Die wollten ihr den Stuhl vor die Tür stellen.«

»Du hast gesagt, Charlotte hätte so gegen neun Uhr die Wohnung verlassen.«

»Tomas, das ist ewig her. Aber wenn ich es so gesagt habe, wird es wohl stimmen.«

»Gab es irgendwelche Hinweise, dass sie zu einem Rendezvous gegangen sein könnte? Dass sie ein *date* hatte?«

»Keine Ahnung. Wie soll ich das wissen?«

»Vielleicht hat sie etwas in der Richtung gesagt. Hat telefoniert und sich verabredet. Oder hatte gute Laune, irgendwas.«

»Sie hatte schlechte Laune. Sie ist wortlos gegangen. Der ganze Abend war einfach im Eimer. Darum habe ich ja auch bald die Fliege gemacht. Wieso interessiert dich das?«

»Charlotte hat angegeben, sie wäre zur Tatzeit mit diesem Komparsen Lukas zusammen gewesen. Sie muss also von zu Hause direkt zu ihm gegangen sein. Dabei spricht einiges dafür, dass die beiden nie ein Paar gewesen sind.«

Christopher zuckte die Achseln. »Aber sie kann diesen Komparsen doch auch getroffen haben, ohne dass sie ein Paar sind.« Christopher wickelte seinen Sohn in ein Badetuch. »Frag sie doch einfach.«

Ich ging langsam zurück zum Haus. Falls das Alibi eine abgekartete Sache war, eine Lüge, würde Charlotte es wohl kaum zugeben.

Die Terrassentüren standen auf, der Wind bauschte die Gardinen. Fliegen sausten im Zickzack unter dem Kronleuchter herum. Das Holz des Parketts und der Treppenstufen stöhnte vertraut.

Aber wie sollte das gewesen sein? Wäre Lukas dann der Unbekannte auf dem Produktionsgelände, und hatte Charlotte als seine Komplizin irgendwo in der Dunkelheit auf ihn gewartet? Tatsache war: Charlotte und Lukas trafen sich rechtzeitig vor der Tatzeit, als wüssten sie, dass sie später dringend ein Alibi brauchen würden. Warum war mir diese Merkwürdigkeit eigentlich nicht früher aufgefallen? Aber es war müßig, Aussagen in Frage zu stellen, die von der Polizei längst überprüft worden waren. Wenn Frau Glaser da wieder anfangen sollte zu ermitteln, müsste ich ihr einen neuen Hinweis liefern.

Wieder setzte ich mich an den Schreibtisch. Noch einmal die Tabelle, meine Fakten, zusammengestoppelt im Speisewagen beim Putencurry.

Es klopfte.

»Was ist denn?«, rief ich verärgert.

Regula steckte den Kopf zur Tür herein und sagte: »Tomas, ich muss mit dir reden.«

Seit Vaters Tod gab es eine eiserne Regel: Mutter sitzt immer am Kopfende. Das ist so bei großen Essenseinladungen, bei Zusammenkünften im familiären Kreis und gilt auch für geschäftliche Besprechungen. Nur heute nicht. Zum ersten Mal nahm Mutter seitlich Platz, gegenüber dem Notar, der mit den Daumen die Messingverschlüsse seines Aktenkoffers betätigte. Es war Punkt siebzehn Uhr. Mit feierlicher Miene breitete der Mann das Vertragswerk auf dem Tisch aus, ein neues Kapitel in der Firmengeschichte der Familie Prinz. Ab heute sollte der Chefstuhl Regula vorbehalten sein. Aber er war leer. Regula fehlte.

Schon immer war es meine Aufgabe gewesen, die Hiobsbotschaften zu verkünden: Als ich meinen ersten festen

Freund anbrachte, als ich die Schule abbrach, als ich nach London ging, um zu lernen, was ein perfekter Haarschnitt ist. Und jedes Mal war hier, in diesen Räumen, die Hölle los. Heute noch einmal solche Reaktionen zu provozieren war schwierig. Mit den Jahren und zunehmendem Alter wird jedes schwarze Schaf grau.

Und nun war der Anlass ausgerechnet Regula, meine Schwester, die eigentlich immer mustergültig Mutters Erwartungen erfüllt hatte, abgesehen von der Wahl des Ehemannes. In letzter Sekunde hatte sie sich für eine Kehrtwende entschieden, und von der ließ sie sich auch nicht mehr abbringen. Jedoch die Nachricht verkünden – dafür war ich jetzt zuständig.

»Steh nicht herum wie Falschgeld«, sagte Mutter. »Nimm Platz. Wo ist deine Schwester?«

»Folgendes«, begann ich. Ohne darüber nachzudenken, setzte ich mich auf Regulas Stuhl und erkannte in diesem Moment an Mutters Blick, dass damit eigentlich schon alles gesagt war. Während der Herr Notar noch fragend an seinen Manschetten zupfte, stellte Mutter fest: »Sie kommt also nicht.«

Ich nickte.

Der Notar schaute überrascht zwischen uns hin und her.

»Ihre Entscheidung steht fest?«, fragte Mutter.

Ich nickte.

Es mag ein Moment der Schwäche gewesen sein, als sie sich mit beiden Händen an der Tischplatte abstützte. Zum Aufstehen brauchte Mutter einen zweiten Anlauf. Sie sah über meine helfende Hand hinweg, stand und sagte zum Notar:

»Bitte entschuldigen Sie, dass wir Sie umsonst hierher bemüht haben.«

Regula machte einen Rückzieher, die Zukunft der Firma war wieder völlig offen, und Mutters ganzer Kommentar beschränkte sich auf eine Entschuldigung gegenüber dem Notar? Nein.

In der Tür drehte sie sich um, schaute auf meine Schuhe und sagte in einem Ton, der weder Zu- noch Widerspruch duldete: »In einer halben Stunde treffen wir uns im Salon. Alle.« Der Kokosläufer auf dem Korridor dämpfte ihre Schritte.

Flüsternd verabschiedete sich der Notar.

Der Champagnerkorken würde heute wohl im Flaschenhals stecken bleiben. Aber sonst wagte niemand von uns eine Prognose für den weiteren Verlauf des Abends. Ob Mutter ein Scherbengericht abhalten oder einfach zur Tagesordnung übergehen würde – ich hielt beides für möglich.

Vorsorglich wurden die Kinder zu Frau Berg in die Küche geschickt, wo sie mit Leckerbissen versorgt und abgelenkt werden sollten von der verstörenden Tatsache, dass Regula in den letzten eineinhalb Stunden da oben in ihrem Zimmer viele Tränen vergossen hatte. Mit geschwollenen Augen, über die auch das frische Make-up nicht hinwegtäuschen konnte, klammerte sie sich an das Glas, den doppelten Whisky, den ich ihr in die Hand gedrückt hatte. Wie Christopher da neben ihr saß – verschränkte Arme, et cetera –, bestand kein Zweifel, dass er Regulas Entscheidung vor Mutter verteidigen würde. Falls es dabei zum Bruch in dem ohnehin brüchigen Verhältnis zu seiner Schwiegermutter käme – ihm wäre es wohl recht.

Aljoscha fragte leise: »Soll ich mich nicht lieber verziehen?«

»Auf keinen Fall«, antwortete ich.

Allein durch seine Anwesenheit konnte er mir schon helfen, die eine oder andere Eskalation zu verhindern.

Dass ich freiwillig bereit war, die Aufgabe des Vermittlers zu übernehmen – es könnte ja auch ruhig mal ordentlich krachen –, hatte einen einfach Grund: Mein schlechtes Gewissen. Während Regula sich hatte entscheiden müssen, ob sie sich zutraute, die Verantwortung für unseren Familienbetrieb und Hunderte von Mitarbeitern zu übernehmen, war ich meinem Tagesgeschäft und der Gastrolle bei einer Daily Soap nachgegangen.

Was Regula in dieser Zeit bewegte, hatte mich herzlich wenig interessiert. Statt mit ihr zu reden, hatte ich nebenbei nur mal schnell versucht, ihre Entscheidung zu manipulieren, und sie damit am Ende wohl noch mehr unter Druck gesetzt. Ich hatte meine Schwester mit dem ganzen Mist alleingelassen. Ja, ich hatte etwas gutzumachen.

Mutter betrat den Salon mit einer Miene, als ginge es um eine offizielle Verlautbarung. Die Teppichkante war eine unsichtbare Grenze, die uns, die Aufsässigen, von Mutter trennte. Wir hatten die Drinks, Mutter nichts anderes als die Perlen ihrer Kette in der Hand.

»Ich weiß nicht, wie ich es sagen soll.« Sie machte einen Schritt nach vorne, schwankte auf dem etwas weichen Grund und schaute Regula an, beinahe verwundert, dass die Lösung im Grunde ganz simpel war: »Mein liebes Kind. Ich sage, wie es ist. Zu entscheiden: Ich mache es nicht – das erfordert schon einiges. Lass mich ausreden. Du hättest mich ins Vertrauen ziehen müssen. Ich weiß, du wärest eine gute Geschäftsführerin geworden. Aber ich respektiere deinen Entschluss. Ja, ich bewundere dich für diesen Schritt. Den Mut hätte ich in deiner Situation zu diesem Zeitpunkt nicht aufgebracht.«

Aljoscha lächelte in sein Glas, und Regula stotterte: »Aber, die Firma...«

»Glaub mir, es wird sich eine Lösung finden.«

»...unser Umzug, die ganze Planung, alles umsonst.«

»Mach dir darüber keine Sorgen.«

Regula stand auf, ging zu Mutter und umarmte sie. In diesem Harmoniestück waren beide ungeübt. Dann sagte Mutter: »Kriegen wir jetzt etwas von dem Blubberwasser?«

Christopher brauchte ein paar Sekunden, bis er kapierte. Der große Knall, einfach verpufft. Ein leiser Verdacht blieb, dass irgendwo noch eine Bombe tickte.

Zunächst verlief der Abend heiter, was vor allem Aljoschas Anwesenheit zu verdanken war und wie er die vergangenen drei Monate schilderte. Wir beide, Tag und Nacht beisammen, das seien Hardcore-Bedingungen. Er erzählte, wie es ihm nicht gelungen war, mit seiner Arbeit am Empfang den Salon lahmzulegen.

Man lachte, dankbar für das Thema, das für diese Menschen weit genug weg war. Ich legte einen Arm um Aljoschas Schulter und sagte: »Aber unsere Beziehung hat es überstanden, und am Montag ist Kitty wieder da.«

Darauf stießen wir an.

Mutter ließ ihren Blick von einem zum anderen wandern, schmunzelte hier und da und machte kleine Bemerkungen. Aber die meiste Zeit stocherte sie einfach nur im gedünsteten Gemüse, der Beilage zum Tafelspitz. Als der Pudding kam, legte sie ihre Serviette neben den Teller und sagte: »Und jetzt darf jeder machen, was er will.«

Christopher zog Regula an sich und fragte: »Und? Gehen wir noch auf die Piste?«

Regula starrte auf ihren Pudding, als würde man von ihr verlangen, nackt auf dem Tisch zu tanzen.

»Jungs«, sagte Christopher, »was ist mit euch?«

Aljoscha zuckte die Achseln.

Ich sagte: »Tut mir leid.«

Als ich ins Fernsehzimmer kam, fingerte Mutter schon an der Fernbedienung.

»Ich glaube, auf der zwei«, sagte ich.

»Du irrst. Sie ist auf der vier ...«

Talkshow gucken mit Mutter. Den ersten Gast, einen Vogelstimmenimitator, schaute Aljoscha sich mit uns an, aber bei den Molekularköchen wanderte er ab. Ohne den Blick von dem Fernseher zu wenden, schob Mutter mir den aufgeklappten Zigarillospender hin. Wir pafften.

Ich sah Mutters Profil im bläulichen Licht und konnte nicht beurteilen, ob sie das Gequassel im Fernsehen verfolgte oder einfach nur ihren Gedanken nachhing. Ich fragte mich, was wohl in ihr vorgegangen war, in dieser einen halben Stunde, allein in ihrem Zimmer, nachdem sie von Regulas Entschluss erfahren hatte. Hatte sie geweint, gelacht oder Zwiesprache mit Vater gehalten?

Aljoscha hatte einmal von dem zeitlichen Loch, dem Rätsel in der sowjetischen Geschichte gesprochen: Stalin zog sich zurück, als Hitler der Sowjetunion den Krieg erklärte. Kein Mensch weiß, was Stalin in diesen Minuten getan hat, ob er weinte, lachte, wütete oder betete. Stalin und Mutter, Rätsel und Geheimnisse.

Möglich, dass mir für einen Moment die Augen zufielen.

Applaus brandete auf, und Mutter sagte: »Jetzt guck dir das an!«

Charlotte Auerbach kam aus den Kulissen und war in Begleitung. Auf dem Weg zur Sitzgruppe hielt sie sich einen halben Schritt hinter ihrem Vater, der gebeugt ging, aber nicht hinfällig wirkte. Man musste schon sehr genau hinschauen, um zu erkennen, wer von beiden wen an der Hand führte. Vater und Tochter demonstrierten dem Publikum: Wir sind füreinander da. Versöhnung nach dreißig Jahren.

Ich wollte mir diese Frau einmal so angucken, als ob ich sie nicht kennen würde, und dem Gespräch so folgen, als ob ich nichts von ihr wüsste. Nein, ich wollte mir vorstellen, dass sie das Unvorstellbare getan hatte: einen Menschen getötet.

Ich weiß nicht, welche Frage der Moderator gestellt hatte, aber plötzlich war es ganz still. Charlotte sagte: »Daddy hat mich angerufen, zum ersten Mal nach – wie vielen Jahren? Fünfzehn? Zwanzig?«

Herr Auerbach saß da, seltsam entrückt, als würde ihm über einen unsichtbaren Knopf im Ohr simultan übersetzt werden. Charlotte griff nach seiner Hand. »Ich werde es nie vergessen. ›Bitte komm!‹, hast du gesagt.«

Sie nahm einen Schluck Wasser und fuhr mit etwas kehliger Stimme fort: »Die Mummy lag im Sterben. Ich bin sofort zum Airport. Zum Nachdenken bin ich erst im Flieger gekommen. Von L.A. über den Atlantik nach München – da ist viel Zeit. Es war wie eine Reise in die Vergangenheit. Aber es war die Gegenwart, und die ist grausam. Ich war angekommen, endlich auf deutschem Boden und zu spät. Mama« – Charlotte brauchte ein paar Sekunden, bis sie ihre Stimme wieder in der Gewalt hatte –, »sie war tot.«

Wie die Hände von Vater und Tochter sich ineinander verhakten, zeigte die Kamera in Großaufnahme.

Ich hatte diese Geschichte schon einmal gehört, auf Charlottes Einweihungsparty von ihr persönlich beinahe wortwörtlich so erzählt. Als wäre es die Generalprobe für diesen Auftritt gewesen.

»Hör mal«, sagte ich zu Mutter. »Kannst du dir vorstellen …«

»Pssst«, machte sie.

Charlotte war bei ihrem Happyend: »Was wir jetzt erleben, ist etwas ganz Großes, Kostbares. Wir wollen jetzt alles nachholen. Für uns zwei Dickköpfe ist es ein Geschenk. Und die Mama …« – Charlotte legte den Kopf in den Nacken, um das Wasser in den Augen zurückzuhalten oder weil sie da oben jemanden vermutete, der zuhörte –, »die Mama ist darüber bestimmt sehr glücklich.«

Im Flimmerlicht des Fernsehers sah ich, dass Mutter Tränen in den Augen hatte.

Im Bett atmete Aljoscha neben mir. Irgendwo klapperte ein Fensterladen. Mir wurde etwas klar. Mit Regulas Rückkehr in dieses Haus hätte sich Mutters Leben verändert: Die Nähe zur Tochter und zu den Enkelkindern, gemeinsamer Alltag, Streit und noch viele gemeinsame Erlebnisse bis zum Ende, dem Tod. Mutter war einsam. Das Glück, das der alte

Auerbach erlebte, war Mutter in letzter Sekunde abhandengekommen.

Der Wind rüttelte wütend an den Scheiben.

»Aljoscha!« Ich fasste ihn an der Schulter.

Er drehte den Kopf und rieb sich mit einer Hand übers Gesicht.

»Ich weiß, wer der Mörder ist.«

24

Der Landschaftsfilm im grauen Morgenlicht: Kühe auf der Weide, Häuser wie hingestreut und das Schild: ›Heu und Stroh zu verkaufen.‹ Aljoschas Telefon trug ich in der Innentasche meines Sakkos. Fünf Stunden und neununddreißig Minuten.

Ich war der Erste, der in München aus dem Zug stieg. Während ich den Bahnsteig entlanghastete, rief ich Aljoscha in Zürich an: »Ich bin jetzt da«, sagte ich. »Ich nehme mir ein Taxi und fahre direkt hin.«

»Sei vorsichtig.«

Am Haus musste ich nicht klingeln. Ein Rentnerpaar kam heraus und hielt mir die Tür auf.

Ich stieg die Treppe hoch. Obwohl ich mehrmals auf den Knopf drückte, gab die Glocke an der Wohnungstür keinen Ton von sich. Ich klopfte gegen die geriffelte Scheibe, erst zögerlich, dann energisch.

Ein Schatten hinter dem Fensterglas, der größer wurde.

»Tommy, was machst du denn hier?«

»Darf ich reinkommen?«

Charlotte machte einen Schritt zur Seite. »Hast du mich drüben gesucht und gedacht: Dann schau ich mal bei ihrem Daddy vorbei?«

Charlotte ging voraus in die Küche und griff nach dem

Wasserkocher. Die Tür zum Wohnzimmer stand offen. Ich sah das Schachspiel.

»Was ist denn los?«, fragte Charlotte. »Ist etwas passiert?«

»Ich habe euch in der Talkshow gesehen«, sagte ich.

Während das Wasser rauschte, schaute sie über ihre Schulter. »Deshalb bist du hergekommen? Jetzt sag nicht, dass meine Haare nicht in Ordnung waren!« Charlotte lachte. Sie verschüttete etwas von den trockenen Teeblättern. Die Topflappen, die griffbereit über dem Herd hingen, waren womöglich vor vielen Jahren von ihr gehäkelt worden.

»Wo ist denn dein Vater?«

»Daddy?«

Ein paar Sekunden vergingen. Ich sah nur Charlottes Rücken. »Nicht da. Wieso?«

»Wann kommt er?«

Charlotte drehte sich zu mir um: »Keine Ahnung. Ist es wichtig?«

Auf der Fensterbank stand eine Tüte aus klarem Plastik, gefüllt mit Wasser, oben zugeknotet. Goldfische schwammen darin.

Charlotte war meinem Blick gefolgt. »Worum geht es?«

»Ich weiß nicht, wie ich es dir erklären soll …«

»Daddy braucht Ruhe«, sagte Charlotte. »Der Auftritt gestern hat ihn sehr angestrengt. Ich glaube, es ist besser, wenn du gehst.«

In diesem Moment drehte jemand im Schloss der Wohnungstür einen Schlüssel herum.

Charlotte und ich schauten uns in die Augen, als würden wir einander ertappen. Nicht bei einer Lüge, aber bei dem

Versuch, uns gegenseitig eine Situation vorzugaukeln, die so harmlos nicht war.

Wir hörten Papier, das knisterte, einen Schlüssel, der irgendwohin fiel, und die Stimme von Herrn Auerbach: »Wie ich es dir gesagt habe: Ganz hinten im Regal, voller Schrauben. Ich fürchte, es ist zerkratzt. Aber das stört uns vielleicht nicht.«

Im Arm balancierte er ein Gefäß. Überrascht sah er mich an. »Der Herr Frisör!« Vorsichtig stellte er das Glas vor mir auf dem Tisch ab. »Bleiben Sie sitzen«, sagte er. »Schauen Sie sich das mal an.«

Er bückte sich und betrachtete aus der Nähe das verschmutzte Gefäß wie einen seltenen, kostbaren Gegenstand. »Es stand früher immer bei Charly im Kinderzimmer.« Hinter der Glaskugel waren seine hellen Augen riesig. »Ich habe mir vorgenommen, das Goldfischglas wiederzubeleben.«

»Daddy, du bist müde. Du solltest dich hinlegen.«

»Liebes, es geht mir gut.« Er schaute mich an, kopfschüttelnd und mein Einverständnis voraussetzend, dass es seine Tochter mit ihrer Fürsorge übertrieb. »Haben Sie uns gestern gesehen?«, fragte er. »Was sagen Sie? Ich, auf meine alten Tage!« Er war etwas außer Atem.

»Herr Auerbach« – ich wusste nicht, wie ich anfangen sollte.

Er begann, das Gefäß mit einem Tuch abzuwischen, und sagte: »Christopher ist in Zürich. Sollten Sie nicht auch dort sein?«

»Er wollte gerade gehen«, sagte Charlotte.

»Ich möchte mit Ihnen sprechen«, sagte ich.

»Mit mir?« Herr Auerbach sah irritiert zwischen seiner Tochter und mir hin und her.

»Es geht um Sonntag, den fünften April. Der Tag, an dem Zacharias Rosendräger starb.«

Der Blick von Herrn Auerbach war eher hilflos als fragend.

»Sie erinnern sich: der Chefautor, der ermordet wurde.«

»Hör auf mit den alten Geschichten«, sagte Charlotte. »Ich will nichts mehr davon hören.«

Wie der alte Auerbach sich seiner Arbeit widmete, das war, als würde er sich in einen Raum zurückziehen, in dem es nichts anderes gab als dieses Glas, das Tuch und die Aufgabe, mit Ruhe und Bedacht für Sauberkeit zu sorgen.

Genauso ruhig und der Reihe nach wollte ich vorgehen und sagte: »An diesem Sonntag wurde viel telefoniert zwischen Zacharias Rosendräger, Tina Schmale und Ihrer Tochter. Es ging eigentlich nur darum: Wer lenkt ein in dem Streit. Wer gibt klein bei, verliert sein Gesicht, und wer gewinnt.«

Charlotte verschränkte die Arme vor der Brust und schüttelte den Kopf.

Ich sagte: »Du hast an diesem Tag beschlossen zu kündigen.«

»Ich habe meine Position klargemacht und diese Erklärung am Montag der Produktion per Kurier zustellen lassen.«

»Nicht so schnell. Ich bin noch beim Sonntag. Du hast die Wohnung gegen 21 Uhr verlassen.«

»Ich bin ins ›Schumanns‹, dafür gibt es genug Zeugen. – Tomas, was soll das?«

»Du bist hier losgegangen, als Christopher zum Schachspielen kam. Aber Christopher blieb nicht lange. Die Stimmung hier war angespannt. Sie, Herr Auerbach, hatten den ganzen Tag lang die Telefonate, die Aufregung, den Streit mitbekommen. Sie hatten nur einen Gedanken: Ich verliere meine Tochter, ich verliere Charly – zum zweiten Mal.«

»Nichts hat Daddy mitbekommen. Ich halte diese Dinge von ihm fern.«

»Herr Auerbach – als Christopher fort war: Was haben Sie gemacht?«

Er schaute kurz hoch, als wäre er bei einem Gespräch anwesend, das ihn nichts anging.

»Was soll er schon gemacht haben?«, fing Charlotte wieder an. »Er ist schlafen gegangen. Als ich nach Hause kam, hat er geschlafen. Tief und fest.«

»Warum erzählen Sie nicht, wie es wirklich war, Herr Auerbach? Sie hatten den ganzen Abend keine ruhige Minute. Sie wussten, dass Zacharias Rosendräger Ihre Tochter lieber heute als morgen in die Wüste schicken wollte. Dass es mit Charlottes Engagement bei ›SidL‹, mit dem großen unverhofften Glück, von dem Ihre Tochter gestern in der Talkshow gesprochen hat, ganz schnell wieder vorbei sein könnte. Darum wollten Sie mit Herrn Rosendräger sprechen. War es so?«

Herr Auerbach nahm die Glaskugel und ging mit ihr zur Spüle.

»Sie sind nach Unterföhring gefahren.«

Charlotte war kurz davor, in Lachen auszubrechen. Oder einen Wutanfall zu bekommen. Der Zustand dazwischen raubte ihr die Worte. Ich redete weiter: »Auf dem Produktionsgelände kennen Sie sich aus. Haben Sie einen Schleichweg genommen? Oder war es einfach Glück, dass der Pförtner ein Nickerchen gehalten und Sie nicht gesehen hat?«

»Ich finde die Geschichte hochspannend«, rief Charlotte. »Erzähl weiter!«

Der alte Mann ließ Wasser über das Glas laufen. Ich war mir nicht sicher, ob er überhaupt zuhörte.

»Und dann?«, fragte Charlotte. »Was ist dann passiert?«

»Man hat Sie gesehen, Herr Auerbach. Es gibt einen Zeugen, der Sie auf dem Gelände beobachtet hat. Sie hatten keinen Plan, richtig? Plötzlich kam eine junge Frau heraus, Viktoria Peichl. Sie hat Sie gar nicht bemerkt. Aber Sie haben den Moment genutzt und sind rein. Plötzlich waren Sie drinnen, bei Zacharias Rosendräger.«

Herr Auerbach versuchte, den Knoten an der Plastiktüte mit den Goldfischen zu lösen. Er nahm eine Schere zu Hilfe.

»Was für eine abstruse Geschichte«, sagte Charlotte. »Woher soll Daddy denn gewusst haben, dass Zacharias überhaupt in der Produktion war, an einem Sonntagabend, nach zweiundzwanzig Uhr? Er kannte den Mann überhaupt nicht, er wusste nichts von ihm, er hat ihn nie gesehen.«

Herr Auerbach schüttete den Inhalt der Tüte vorsichtig ins Glas. In kleinen, schnellen Stößen schwammen drei Goldfische durch ihr neues Zuhause.

»Dein Telefon«, sagte ich, »du hast es hier zu Hause liegenlassen. Und das war fahrlässig von dir. Warum? Gegen zweiundzwanzig Uhr, Christopher war weg, haben Sie,

Herr Auerbach, mit diesem Telefon Zacharias Rosendräger angerufen. Sie mussten wahrscheinlich nur die Taste mit der Wahlwiederholung drücken. Aber der Chefautor wollte nicht mit Ihnen sprechen. Er hat gesagt, dass er in der Produktion ist und zu arbeiten hat. Da haben Sie den Entschluss gefasst hinzufahren. Sie wollten ihn zwingen, dass er Sie anhört.«

»Deine Anschuldigungen sind ungeheuerlich!«, rief Charlotte. »Reine Phantasie! Ich habe Zacharias angerufen. Ich war mit Lukas im ›Schumanns‹ und wollte Zacharias ein letztes Mal sprechen.«

»Ein letztes Mal?«

»Bitte geh jetzt«, sagte Charlotte leise.

Herr Auerbach betrachtete die Fische in ihrem Glas.

Ich stand auf. Ich hatte nichts mehr in der Hand. Nur noch eine Kleinigkeit.

Charlotte drehte den Kopf zur Seite, als ich vor ihr stehen blieb.

»Du hast gepokert«, sagte ich. »Du wolltest nie kündigen. Zu keinem Zeitpunkt wolltest du deinen Job, die Hauptrolle bei ›SidL‹, aufgeben. Du wusstest: Je mehr Druck und Geschrei du machst, umso eher lässt Tina ihren Chefautor endlich über die Klinge springen.«

Herr Auerbach stieß gegen das Glas. Wasser schwappte über.

»Ist das wahr?«

»Reg dich nicht auf, Daddy. Das ist Business.«

»Glaubst du wirklich, damit wärest du durchgekommen gegen diesen...?«

Charlotte starrte ihren Vater an.

»Ich habe ihn für dich angefleht! Aber er hat mir nicht zugehört.«

»Daddy, sei still!«

»Er hat sich aufgespielt, ist herumstolziert durch die neue Deko, alles für dich und deine Rolle, hat er gesagt, eine einzige Fehlinvestition, ein Irrtum.« Der alte Mann nahm Charlottes Gesicht in seine Hände. »Er hat nicht gut über dich gesprochen. Er hat gelacht. Er hat uns ausgelacht. Dann hat er sich einfach weggedreht.«

Charlotte nahm seine Hände.

»Er war ein schlechter Mensch.«

»Du hast zu viel Phantasie.«

Herr Auerbach schaute mich an, kopfschüttelnd und mein Einverständnis voraussetzend, dass diese Frau, seine Tochter, ihn nicht verstanden hatte. »Es war richtig, was ich gemacht habe. Du hast bewiesen, dass du es kannst. Du bist eine gute Schauspielerin.«

25

Kitty stieg von den hohen Pumps um auf Schuhe mit flachen Absätzen. Schalter für Schalter brach die Dunkelheit über den Salon herein, hinten, im Färbebereich, im Flur, bei den Waschbecken und hier vorne, über Spiegel und Theke.

Ich tauchte unter der Garderobenstange hindurch, die mit den Umhängen die Seitentür zum Treppenhaus verbirgt.

Siebzig Treppenstufen mit glatten Ledersohlen auf diesem Kokosteppich, da muss man bei jedem Schritt aufpassen.

Ich warf die Schlüssel im Esszimmer auf den Tisch, meine Schuhe durch den Raum und griff nach dem Telefon. Ich wollte Aljoscha anrufen.

Mutter meldete sich. Im Hintergrund Stimmen.

»Hallo, Mama.« Ich schaute auf die Uhr. Kurz vor acht, noch »SidL«-Zeit.

»Da braut sich gerade etwas zusammen«, sagte Mutter.

Ich nahm die Fernbedienung in die Hand.

MAX UND TRIXI SITZEN IM RESTAURANT AM TISCH.

TRIXI (verächtlich):

Warum sollte ich dein schmutziges Geld annehmen? Ich liebe meine Schwester.

MAX (kalt):

Solange du da bist, wird sie nie das Leben leben, das sie sich wünscht. Also nimm das Geld, und verschwinde. Tu es für Gloria.

TRIXI ZÖGERT.

GLORIA BETRITT DAS RESTAURANT. WEDER MAX NOCH TRIXI BEMERKEN SIE.

MAX (tief durchatmend):

Du bist ein harter Brocken.

GLORIA BLEIBT IRRITIERT HINTER EINER SÄU LE STEHEN. SIE LAUSCHT.

MAX (pragmatisch):

Also gut. Mein letztes Angebot. Zehntausend – und du haust ab. Mehr kann ich dir beim besten Willen nicht geben.

TRIXI (ungläubig):

Zehntausend?

MAX REICHT IHR DIE HAND. TRIXI SCHLÄGT ZÖGERND EIN.

MAX (eindringlich):

Aber Gloria darf nie etwas davon erfahren.

TRIXI (gehorsam):

Gloria darf nie etwas davon erfahren.

GLORIA, VERBORGEN HINTER DER SÄULE, KANN NICHT GLAUBEN, WAS SIE DA GEHÖRT HAT.

Trompeten, Geigen, Abspann. Ich stellte den Apparat aus. Ich glaubte zu hören, wie Mutter seufzte. »Und was sagst du zu den Neuigkeiten?«, fragte sie.

»Die Sache mit dem alten Auerbach? Für Charlotte ist es furchtbar, für die Einschaltquote ist es toll.«

»Ich rede von Aljoscha, seinem Job.«

»Was denn für ein Job?«

»Hallo!« Aljoschas Stimme am anderen Ende der Leitung.

»Du hast ein Jobangebot in Zürich?«, fragte ich. »Eine Galerie?«

Aljoscha lachte. »Nein, ich hab deiner Mutter angeboten, hier in den nächsten Monaten den Garten ein bisschen auf Vordermann zu bringen. Kommst du am Wochenende?«

Danksagung

Für ihren Rat und ihre Unterstützung danke ich wieder besonders Ulrich Graf, dem Frisör, und Monika Wolff, der Farbstylistin. Auch dieses Buch wäre ohne sie so nicht möglich gewesen. Außerdem danke ich sehr herzlich meiner Lektorin Ursula Baumhauer sowie Rafael Arnold, Friedrich Dönhoff, Leonie Lutz, Peter Schlesselmann und Detlef Weitz.

Christian Schünemann im Diogenes Verlag

Christian Schünemann, geboren 1968 in Bremen, studierte Slawistik in Berlin und Sankt Petersburg, arbeitete in Moskau und Bosnien-Herzegowina und absolvierte die Evangelische Journalistenschule in Berlin. Eine Reportage in der *Süddeutschen Zeitung* wurde 2001 mit dem Helmut-Stegmann-Preis ausgezeichnet. Beim Internationalen Wettbewerb junger Autoren, dem Open Mike 2002, wurde ein Auszug aus dem Roman *Der Frisör* preisgekrönt. Christian Schünemann lebt in Berlin.

»Kriminalromane gibt es wie den berühmten Sand am Meer. Umso erfreuter stimmt es die Leser, wenn sie mal in ein neuartiges Milieu eintauchen dürfen und einem überraschenden Helden begegnen – eben keinem coolen Kommissar oder gewieften Privatdetektiv. So wie in den Romanen von Christian Schünemann. Dort ist es ein Frisör, der ungewollt zum Kriminalisten wird und der den Geschichten einen ganz eigenen, höchst feinsinnigen Charme verleiht.«
Sibylle Haseke / Westdeutscher Rundfunk, Köln

Der Frisör
Roman

Der Bruder
Ein Fall für den Frisör
Roman

Die Studentin
Ein Fall für den Frisör
Roman

Daily Soap
Ein Fall für den Frisör
Roman